어린이를 위한
복음 하브루타

글 이익열, 그림 이병용

꿈지락

　　탁구를 좋아해도 기본기를 배우지 않으면, 동네 탁구 수준을 벗어날 수 없듯이, 신앙도 튼튼한 기본기가 중요합니다. 기본기가 없으면 시간이 흘러도 믿음이 자라지 않고 시들해져, 결국 세상으로 향하거나 겨우 신앙의 명맥만 유지하기 쉽습니다.

　　어떤 이유로든 성경 공부를 시작한 것은, 참으로 놀라운 축복이자 기회입니다. 세상의 지식과 달리, 성경 말씀은 우리의 영혼에 참된 안식과 변화를 누리게 합니다. 하나님은 온 마음으로 당신을 찾는 사람을 반드시 만나 주시는 분입니다. 이왕 공부를 시작했으니, 이 기회를 통해 적극적으로 동참하여 하나님을 깊이 만나기를 소망합니다.

　　하나님을 알기 위해서는 성경과 성령의 도움이 필요합니다. 하나님은 우리와 차원이 다른 분이시기에 인간의 노력만으로는 볼 수 없는 분입니다. 우리 집 강아지는 제가 아내에게 남편이고, 자녀에게 아버지이지만 교회에서는 목사라는 다양한 관계를 결코 이해할 수 없습니다. 차원이 다르기 때문입니다. 강아지는 그저 제가 보여 주는 만큼 저를 알 수밖에 없습니다. 강아지는 제가 다가가는 만큼, 간식을 주면 좋은 사람으로, 혼을 내면 무서운 사람으로만 인식할 뿐입니다.

　　마찬가지로, 사람은 자기의 힘과 지혜만으로는 결코 하나님을 알 수 없습니다. 성령께서 다가오셔서 우리의 눈을 열어 주셔야만 비로소 하나님을 볼 수 있습니다. 성령의 도움 없이는 결코 성경의 진정한 의미를 깨달을 수 없습니다. 자칫 인간의 지혜만으로 성경을 해석하려 한다면 오히려 교만과 착각에 빠지기 쉽습니다. 오직 성령께서 우리의 눈을 열어 주실 때, 비로소 우리는 자신의 한계를 넘어 말씀의 참된 의미를 알고 하나님을 만날 수 있습니다.

　　이 교재로 공부하는 동안, 성령과 함께하는 은혜를 누리고, 믿음이 건강하게 성장하길 간절히 기도합니다.

- 꿈지락 하브루타 -

Ⅰ.자기 소개 - 자신의 장점과 더불어 친구들에게 자기를 소개하세요.

Ⅱ.믿음과 기대 - 말씀을 통해 하나님을 알게 되면 어떤 변화가 생길까요?

이 책으로 공부하는 동안 함께 지키는

하브루타 규칙

규칙은 매번 성경 공부 전에 반드시 함께 소리 내어 읽고 시작합니다.

1. ______________________________________

2. ______________________________________

3. ______________________________________

4. ______________________________________

5. ______________________________________

규칙을 정하는 방법

1단계; 각자 2~3가지 규칙을 제안한다.

2단계; 자신이 제안한 규칙이 필요한 이유를 아래와 같이 설명한다.

　　　- 규칙을 지켰을 때 나에게 미치는 영향, 친구에게 미치는 영향은?

　　　- 규칙이 지켜지지 않을 때 나에게 미치는 영향, 친구에게 미치는 영향은?

3단계; 자기 제안을 제외한 친구의 규칙 중에서 꼭 필요하다고 생각하는 규칙

　　　2가지에 별표 한다.

4단계; 별표를 가장 많이 받은 규칙 3~5개 선택한다.

CONTENT

성경을 공부하기 전에 알아야 할 것들

1. 성경을 공부하는 이유와 목표는, 단순히 말씀을 이해하고 깨닫기 위해서가 아닙니다. 그것 역시 과정에 불과합니다. 우리가 말씀을 공부하는 궁극적인 이유는 마음을 다하고, 뜻을 다하고, 힘을 다하여 하나님을 사랑하기 위함입니다.

2. 만약 성경을 '이해'하는 것이 목적이 되면, 자칫 지적인 공부로 치우치기 쉽습니다. 그러나 신앙의 핵심은 지식이나 능력보다 하나님과의 '인격적 관계'입니다. 인격적 관계란 감각적인 차원을 넘어, 하나님이 주신 우리의 지(知)·정(情)·의(意) 전체, 즉 지성과 마음과 뜻을 다해 상대를 존중하고 사랑하는 것입니다. 하나님께서는 우리와 바로 이런 인격적인 관계를 원하십니다.

3. 사람은 하나님을 알아갈수록 그분과의 사랑이 깊어지고, 그 사랑이 깊어질수록 다른 사람 또한 온전히 사랑할 수 있게 됩니다. 그러기 때문에 성경 지식을 많이 쌓는 것보다, 말씀 한 구절 한 구절을 통해 하나님 아버지를 인격적으로, 그리고 올바르게 알아가는 것이 더욱 중요합니다.

4. "지식을 습득하고 훈련하면 변화되어 잘 살 수 있다."는 생각은, 소크라테스가 말했던 그리스 철학에 뿌리를 두고 있습니다. 그러나 지식과 지혜를 얻는다고 해서 인간의 본성이 근본적으로 변하지는 않습니다. 우리가 성경을 공부하는 이유는 삶을 위한 교훈과 지식을 얻기 위함이 아니라, 그리스도 안에서 믿음을 견고히 하고 하나님과의 관계를 깊게 하기 위함입니다.

5. 성경이 말하는 참된 교육은 살아계신 하나님의 말씀 앞에 우리 자신을 세우는 것입니다. 살아있는 말씀은 우리로 하여금 하나님을 알게 하고, 믿음을 갖게 하며, 그분과의 인격적인 관계 속에서 변화를 경험하게 합니다. 나도 모르게 지식만 추구하는 그리스 철학의 방식으로 성경을 공부하지 않도록 주의해야 합니다.

6. 성경은 성령께서 우리의 눈을 열어 주셔야만(계시) 그 참 의미를 깨달을 수 있기에, 가르치는 사람과 배우는 사람 모두 겸손히 기도하며 하나님을 의지해야 합니다.

7. 진도를 나가는 속도보다 내용을 세대로 이해하고 넘어가는 것이 중요합니다. 이를 위해 충분히 이야기를 나누고 다양한 방법으로 피드백을 주고받아야 합니다. 무엇보다 중요한 것은, 말씀을 기준으로 자신의 모습을 비추어 보며 기도하는 공부가 되는 것입니다.

이 책으로 공부하는 방법

1. 암송 말씀

먼저, 제시된 성경 구절에서 뜻을 명확히 설명할 수 없는 단어가 있는지 확인합니다. 학생이 찾은 단어가 한자어인 경우, 교사는 글자마다 그 뜻을 알려주고 학생으로 하여금 그 뜻을 바탕으로 단어의 뜻을 유추하여 설명하게 합니다. 그런 다음 사전을 확인하거나 교사가 단어의 뜻을 바로잡아 줍니다. 그렇지 않으면 알고 있었던 단어라고 생각하기 쉽습니다. (예:가축-家 집 가, 畜 짐승 축 = 집에서 기르는 짐승).

암송 구절은 [개역개정]으로, 해당 과가 끝날 때까지 계속해서 암송합니다. [현대어 성경]은 말씀의 이해를 돕기 위한 참고용으로 활용해 주세요.

2. 하브루타 강단 및 하브루타 활동

강단 본문은 한 번에 다 읽기보다, 두 단락 정도로 나누어 읽는 것이 좋습니다.

◆ **하브루타 강단 돌아보기:** 제시된 질문 중 한두 가지를 선택해 자신의 의견을 발표합니다. 한 사람이 발표하면, 다른 사람들은 [리액션 표]를 참고하여 반응을 보여주며 자연스럽게 의견을 나눠 보세요.

◆ **성경적 개념 설명하기:** 제시된 질문에 대해 [하브루타 강단] 본문은 어떻게 설명하는지 찾아보고, 그 내용을 자신의 생각과 언어로 발표합니다. 앞사람과 같은 내용이더라도, 반드시 자기만의 표현으로 다시 설명하는 것이 중요합니다. 때로는 두 사람씩 짝을 이뤄 의견을 교환한 뒤 발표해도 좋습니다.

◆ **핵심 내용 정리하기:** 짝과 함께 만화의 말풍선과 설명을 자신의 표현으로 채워 완성한 후, 그 내용에 대해 부연 설명을 덧붙입니다. '한 줄 요약'은 반드시 각자 스스로 문장을 만들어 발표합니다.

3. 요약하고 기도하기

◆ **'말씀 다시 보기'**에 제시된 단어나 문장은 성경적 개념을 이해하는 데 매우 중요합니다. 짝과 함께 의논하며 그 의미를 명확하게 정의해 보세요.

◆ **'회개 질문'**에 대한 자신의 모습을 솔직하게 나눠주세요. 주변의 예를 들어 이야기해도 좋습니다. '간구' 내용에 대해서는 그것이 왜 중요하다고 생각하는지 이야기 나눕니다. 마지막으로

◆ **'결단'**은 막연한 각오가 아닌, 구체적인 말이나 행동으로 실천하고 확인할 수 있는 것이어야 합니다.

◆ **기도 시간**이 되면 스마트폰 등으로 찬양(예: 유튜브)을 크게 틀고, 서로 손을 맞잡아 주세요. '작은 부흥회'에 참여하는 마음으로, 각자의 기도 제목을 뜨겁게 소리 내어 기도합니다.

하나님이 만든 세상

진도 보다 내용을 이해할 수 있도록 충분히 이야기 나누세요.

창세기 1장 27-28절

[개역 개정]

27 하나님이 자기 형상 곧 하나님의 형상대로 사람을 창조하시되
남자와 여자를 창조하시고
28 하나님이 그들에게 복을 주시며 하나님이 그들에게 이르시되
생육하고 번성하여 땅에 충만하라, 땅을 정복하라,
바다의 물고기와 하늘의 새와 땅에 움직이는
모든 생물을 다스리라 하시니라

[현대어 성경]

27 그러고 나서 하나님께서는 당신의 모습을 따라
당신을 닮은 사람을 창조하시되 남자와 여자로 만드시고
28 그들에게 이렇게 복을 내리셨다.
'딸아들 많이 낳아 그 후손들이 온 땅 위에 퍼져라. 땅을 정복하여라.
내가 바다에 사는 물고기와 하늘에 날아다니는 새와
땅 위에 기어다니는 온갖 짐승들을 다스릴 권한을 너희에게 주마.
너희는 그것들을 잘 다스리고 관리하여라'

서로 사랑하는 나라

진화론과 창조론, 모두는 근거를 가지고는 있지만, 두 이론 모두 명확히 증명할 방법이 없어요. 이는 이해할 수 있는가 하는 문제가 아니라, 무엇을 믿을 것인지에 대한 문제에요. 인류의 조상을 원숭이로 볼 것인지, 하나님이 창조한 고귀한 존재로 믿을 것인지 선택의 문제지요.

성경은 하나님이 세상을 창조했다고 말해요. 그런데 영이신 하나님은 정해진 외형이 없는데, 왜 아담을 '하나님의 형상과 모양대로' 창조했다고 할까요? 그 답은 모양이란 단어의 의미에 있어요.

히브리어 '데무트'는 '모양'뿐만 아니라 '닮았다'는 뜻도 있어요. 영어 성경도 'likeness, 닮았다'로 번역했어요. 인간은 하나님을 닮은 점 많지만, 그중에서 가장 중요한 것은 하나님처럼 '사랑할 수 있는 존재'라는 것이에요.

어떤 사람은 아담을 왜 죄짓는 부족한 존재로 만들었냐고도 묻지만, 그것은 '사랑'을 몰라서 하는 말이에요. 아담은 스위치만 켜면 노래하는 기계가 아니에요. 로봇처럼 프로그래밍 되었거나, 강요 때문이라면 그것은 진정한 사랑이 아니에요. 진정한 사랑은 자기 스스로 선택해야 하기 때문이지요.

이는 아담이 하나님을 선택하지 않을 위험도 있다는 뜻이기도 해요. 그런데도 아담을 하나님의 모양대로 창조하신 것은, 하나님은 그만큼 아담과 서로 사랑하는 관계를 원하셨다는 의미에요. 태초에 하나님이 만든 원래의 세상은 하나님과 아담 그리고 하와가 서로서로 더불어 사랑하는 나라였습니다.

* 참고 - 한자를 살피고 단어의 뜻을 알아보세요.
  강요 [强 굳세다, 세차다 要 요구하다] - 세차게 요구하다
  선택 [選 가려 뽑다, 擇 고르다] - 고르고 가려 뽑다
  태초 [太 크다, 初 처음] - 큰 세상이 처음 드러난 때
  창조 [創 비롯하다 시작하다 造 짓다 만들다] - 만들고 지어진 시작

하나님의 모양대로 만들었다는 것은 아담도 하나님을 닮아 "사랑할 수 있는 존재'라는 뜻입니다.

프로그램되거나 강요라면 사랑이 아닙니다. 사랑은 스스로 선택해야만 합니다.

그것은 아담이 하나님을 선택하지 않을 위험이 있다는 의미입니다. 그런데도, 아담을 하나님의 모양대로 만든 것은 그만큼 하나님은 아담과 서로 사랑하길 간절히 원하셨다는 의미입니다.

하브루타 활동

하브루타 강단 돌아 보기 질문 1~2개를 선택하고 의견을 발표하세요.

* 공부하며 생각난 질문이 있나요?
* 이해가 안 되는 내용이 있나요?
* 오늘 처음 알게 된 내용이 있나요?
* 연관되어 떠오른 이야기가 있나요?
* 전에 알고 있었지만, 새롭게 다가온 내용은 무엇인가요?
* 공부한 내용에서 가장 중요한 핵심은 무엇이라 생각하나요?

질문에 관련 있는 부분을 만화에서 찾고 그 내용과 함께 자기 의견을 설명하세요.

리액션 하기 의견을 들은 후에는 자기 생각과 비슷한 리액션 동작을 표현하고, 그 이유를 짧게 설명하세요. [복수 선택 가능]

핵심을 정확히 설명했을 때	핵심만 간단히 설명하길 바랄 때
내 의견과 비슷하다고 생각할 때	미처 생각하지 못한 것을 설명했을 때
설명이 나에게 도움이 되었을 때	설명을 듣다가 이해한 것이 생겼을 때
듣다 보니 질문이 생길 때	발표 태도가 이전보다 개선됐을 때

성경적 개념 설명하기

두 사람이 짝이 되어 하나님은 아담을 왜 만들었는지를 사진 두 장을 사용하여 그 이유를 설명하세요.

한 줄 요약 – 짝과 함께 문장을 완성하고 그 의미를 구체적으로 설명하세요.

아담을 하나님의 모양대로 창조한 이유는

이다.

제1과 - 하브루타 강단 2

말씀을 따라 사는 나라

하나님이 아담에게 가장 먼저 하신 일은 복을 주신 거예요. 그럼, 복은 무엇일까요? 부자가 되고, 원하는 것을 이루고, 유명해지는 것일까요? 성경에서 말하는 복은 아담이 하나님과 이웃과 함께 행복하게 살 수 있도록 주신 '말씀'이에요. 하나님은 복을 주시며 번성하라고 하셨어요. 단순히 사람의 숫자가 많아지는 것을 넘어 하나님을 따르는 공동체를 이루라는 것에요.

뱀에게 유혹받았을 때, 만약 하와가 아담에게 의논했다면 어땠을까요? 아니면 하나님을 먼저 찾았다면 어땠을까요? 인간은 서로를 사랑하고 소통하는 공동체를 이룰수록 뱀의 유혹을 더욱 쉽게 물리칠 수 있어요. 하나님을 사랑하고, 말씀을 따르는 공동체는 사단이 침투할 수 없는 강력한 산성이 됩니다.

창세기 1장 28절에 하나님은 아담에게 말씀 공동체를 이루어 '정복'하라고 하셨어요. 하나님이 에덴의 모든 것을 주셨는데, 아담은 무엇을 정복해야 할요? 정복은 말씀으로 사단의 유혹과 속임수를 물리치는 것입니다.

사람들은 마음이 끌리고 좋아하는 감정을 사랑이라고 생각하지만, 성경은 오래 참고, 온유하며, 자랑하지 않고, 시기하지 않으며 예의를 갖추는 것이 사랑이라 가르쳐요. 한 사람은 예의를 갖추며 사랑하지만, 상대방이 함부로 말하고 무례하게 행동한다면 그 관계는 결국 지옥이 될 거예요. 하지만 서로가 진정으로 사랑한다면 천국을 누리게 되지요. 하나님이 처음 만든 원래의 세상은 말씀 공동체를 이루어 서로 사랑하는 세상입니다.

* 참고 - 한자를 살피고 단어의 뜻을 알아보세요.

번성 [繁 많다. 盛 채운다.] - 많이 채우다

정복 [征 치다. 服 옷] - 옷을 벗기다 (옷에는 세계관. 가치관 등 문화가 담겨있다)

유혹 [誘 꾀다. 속이다. 惑 의심하다] - 의심하게 만들어 속이다

무례 [無 없을 무. 禮 예도 례] - 예의가 없는

침투 [浸 적시다. 스며들다. 透 통하다] - 통과하여 스며들다

하나님께서 그들에게 복을 주시며 그들에게 말씀하시기를 "자식을 많이 낳고 번성해 땅에 가득하고 땅을 정복하라. 바다의 물고기와 공중의 새와 땅 위에 기는 모든 생물을 다스리라" 하셨습니다. [창세기 1장 28절]

번성은 단순히 숫자가 많아지는 것을 넘어 말씀 안에서 하나님과 사람이 서로 사랑하는 공동체를 이루는 것입니다.

사랑은 인간의 힘으로 몇 번은 가능해도 계속 지속할 수는 없습니다. 사랑할 수 있는 힘은 하나님과 사랑의 관계에서 채워지기 때문입니다.

인간은 하나님과 사랑하는 공동체를 이루고 하나님 말씀을 신뢰하며 순종할 때 사단을 정복할 수 있습니다.

하나님 나라는 그 무엇보다 하나님과 관계가 중심인 나라입니다. 하나님과 서로 사랑하는 공동체는 가정도 교회도 모두 서로 사랑하며 천국의 은혜를 누리게 됩니다.

하브루타 활동

하브루타 강단 돌아 보기 질문 1~2개를 선택하고 의견을 발표하세요.

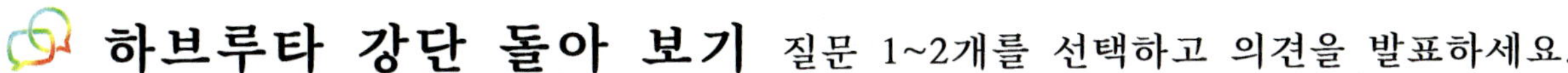

질문에 관련 있는 부분을 만화에서 찾고 그 내용과 함께 자기 의견을 설명하세요.

리액션 하기 의견을 들은 후에는 자기 생각과 비슷한 리액션 동작을 표현하고, 그 이유를 짧게 설명하세요. [복수 선택 가능]

핵심을 정확히 설명했을 때	핵심만 간단히 설명하길 바랄 때
내 의견과 비슷하다고 생각할 때	미처 생각하지 못한 것을 설명했을 때
설명이 나에게 도움이 되었을 때	설명을 듣다가 이해한 것이 생겼을 때
듣다 보니 질문이 생길 때	발표 태도가 이전보다 개선됐을 때

성경적 개념 설명하기

하나님은 아담과 하와에게 복을 주시며 무엇을 어떻게 하라고 하셨나요?

에덴에서 아담의 하루 일상을 특징만 간략히 그림으로 표현하고 설명하세요

 자기 언어로 해설과 대사를 기록하고 설명하세요.

 - 짝과 함께 문장을 완성하고 그 의미를 구체적으로 설명하세요.

하나님이 아담에게 먼저 복을 주신 이유는
__________________ 이다.

요약하고 기도하기

📝 말씀 다시 보기

밑줄이 누구를 말하는지 (어떤 의미인지) 이야기한 후 뜻을 생각하며 천천히 읽으세요.

창세기 1장 [우리말성경]

26 하나님께서 말씀하시기를 "**우리가**   우리의 형상대로 **우리의 모양**을 따라 사람을 만들어   그들이 바다의 물고기와 공중의 새와 가축과 온 땅과 땅 위에 기는 모든 것을 다스리게 하자" 하시고

....

28 하나님께서 그들에게 **복을**   주시며 그들에게 말씀하시기를 "자식을 많이 낳고 **번성해 땅에 가득하고**   **땅을 정복하라**   바다의 물고기와 공중의 새와 땅 위에 기는 모든 생물을 다스리라" 하셨습니다.

📝 제1과 요약하기

2~3명이 짝이 되어 하나님이 아담을 만드신 이유와 아담이 하나님 나라에서 살아가는 방식이 포함되도록 아래 문장을 완성하세요.

하나님이 만든 세상은 _________________ 입니다.

_________________________ 하셨습니다.

하나님은 아담에게 ______ 을 주시고, _________________

하나님 나라가 나에게 주는 축복은 _________________

_________________________________입니다.

작은 기도 부흥회

자신을 돌아보고 앞으로 하지 말아야 할 일들을 나누세요.

1) 하나님과의 관계에 대해 무관심했던 나의 모습은?

   ____

2) 하나님보다 다른 것을 더 좋아하고 우선했던 나의 모습은?

   ____

3) 그밖에 나누고 싶은 질문 _______________________

내 힘으로 할 수 없기에 하나님의 도움이 필요한 일을 나누세요.

1) 하나님과 사랑의 관계를 깊이 경험하게 하소서!
2) 말씀이 내 삶의 견고한 기준이 되게 하소서!
3) 그 밖에 기도하고 싶은 것 _______________________

각오나 다짐이 아닌 확인 가능한 실천을 나누세요.

____

____

> \#. 나눔 후, 스마트폰 등을 사용하여 찬양과 함께
> 서로 손을 맞잡고 큰 소리로 기도하세요.

2과

죄의 본질

진도 보다 내용을 이해할 수 있도록 충분히 이야기 나누세요.

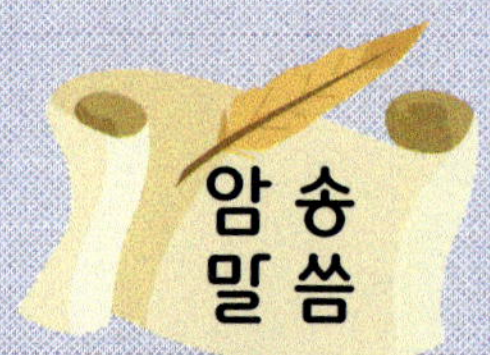

창세기 3장 4-6절

[개역 개정]

4 뱀이 여자에게 이르되 너희가 결코 죽지 아니하리라

5 너희가 그것을 먹는 날에는 너희 눈이 밝아져 하나님과 같이 되어

선악을 알 줄 하나님이 아심이니라

6 여자가 그 나무를 본즉 먹음직도 하고 보암직도 하고

지혜롭게 할 만큼 탐스럽기도 한 나무인지라

여자가 그 열매를 따먹고 자기와 함께 있는 남편에게도 주매 그도 먹은지라

[현대어 성경]

4 그러자 뱀이 여자에게 속삭였다.

'걱정하지 말아. 그 열매를 따먹는다 해도 절대로 죽지 않아.

5 오히려 그 열매를 따먹기만 하면 너희 눈이 밝아질 거야.

그렇게 되면 무엇이 좋고 무엇이 나쁜 일인 줄 분간할 수가 있게 되지.

다시 말하면 너희도 하나님처럼 될 수 있다는 말이지.

하나님도 이걸 아시고 그 나무 열매를 따먹어서는 안 된다고 하신 거야'

6 여자가 그 나무를 쳐다보니 그렇게 근사하게 보일 수가 없었다.

또 그 열매도 어찌나 탐스럽게 열렸던지 먹음직스럽기까지 하였다.

그 열매를 따먹으면 금방이라도 영리해질 것같이 보였다.

그래서 여자는 손을 내밀어 그 열매를 따먹었다.

또 그 열매를 따서 자기와 한 몸이 된 남자에게도 주었다.

내 맘대로 살고 싶은 욕심

　죄가 성립하려면 먼저 상대가 있어야 해요. 무인도에서는 혼자서 어떤 말도, 어떤 행동도 죄가 되지 않아요. 상대방이 없기 때문이죠. 또한, 상대가 있어도 약속이 없었다면 어떤 말과 행동도 죄가 될 수 없어요. 친구가 아무리 늦게 와도 시간을 약속하지 않았다면 죄가 될 수 없어요. 죄는 관계 속에서 맺은 약속을 깨는 것이에요.

　하나님은 아담과 함께 영원히 서로 사랑하며 살기를 원하였어요. 그래서 아담과 약속을 맺었어요. 하나님은 에덴의 모든 것을 아담에게 맡기시며 한 가지를 요구하셨어요. 하나님을 아담의 주인(왕)으로 인정하는 것이에요. 그리고 이 언약을 잊지 않도록 동산 중앙에 선악을 알게 하는 나무를 두고, 아담에게 그 열매를 절대로 먹지 말라 하셨지요.

　아담과 하와는 하나님과 사랑을 나눌 뿐만 아니라, 서로를 사랑하며 행복하게 살고 있었어요. 그러던 어느 날, 혼자 있는 하와에게 뱀이 다가와 교활하게 속이고 선악과를 먹게 했어요. 먹어도 죽지 않을 뿐만 아니라, 오히려 눈이 밝아져서 하나님처럼 선악을 알게 되고 자기 마음대로 살 수 있다고 한 거예요.

　자기 마음대로 살고 싶은 욕심이 생기자, 선악과는 먹음직스럽고 탐스럽게 보였어요. 선악과는 단순히 과일 하나를 몰래 먹은 것이 아니에요. 내 맘대로 살고 싶은 욕심에 하나님을 배반한 사건이에요. 말씀을 따르지 않고 자기 마음대로 살고 싶은 욕심과 그렇게 살 수 있다는 교만이 바로 죄의 뿌리입니다.

* 참고 - 한자를 살피고 단어의 뜻을 알아보세요.
　약속 [約 맺을 약 束 묶을(결박) 속] - 서로를 묶고 결박할 일을 맺다.
　배반 [背 등, 叛 배반하다/배반(排班) 밀쳐 갈라서다] - 등(뒤)에서 밀쳐 내고 갈라서다.
　교활 [狡 간교하다, 猾 어지럽히다. 가지고 놀다] - 간교하게 가지고 놀고 어지럽히다.
　교만 [驕 버릇없다, 잘난체하다. 慢 업신여기다] - 잘난체 하는 버릇 업신여기는 버릇

서로 사랑하던 하나님과 아담, 하와 사이에
무슨 일이 생긴 것일까요?

여호와 하나님께서 만드신 들짐승 가운데 뱀이 가장 교활했습니다. 그가 여자에게
신난다
칫

말했습니다. "정말 하나님께서 '동산의 어떤 나무의 열매도 먹으면 안 된다'라고 말씀하셨느냐?" [창세기 3장 1절]
뭘 모르시는군! 죽긴 왜 죽어!
안 돼! 동산 중앙에 있는 열매는 먹으면 죽는다고!

ㅎㅎ 하나님처럼 오히려 눈이 밝아져 선악을 알게 되지!
하나님처럼 히히

내 맘대로 할 수 있다는 욕심이 생기니 열매가 먹음직스럽고 탐스럽게 보였습니다.
이거 먹어도 안 죽어! ㅋㅋ
하나님처럼 된데!
꿀꺽

하지만 하나님과 약속을 헌신짝처럼 버렸는데 뱀의 말은 모두 거짓이었습니다.
까악!
저리 가! XX
웬일이야! 부끄 부끄!

죄의 뿌리는 하나님 말씀을 무시하고 내 마음대로 살고 싶은 욕심입니다.
어떡하지? 전부다 하와 너 때문이야! ㅠㅠ

🗨 하브루타 강단 돌아 보기 질문 1~2개를 선택하고 의견을 발표하세요.

> * 공부하며 생각난 질문이 있나요? * 이해가 안 되는 내용이 있나요?
> * 오늘 처음 알게 된 내용이 있나요? * 연관되어 떠오른 이야기가 있나요?
> * 전에 알고 있었지만, 새롭게 다가온 내용은 무엇인가요?
> * 공부한 내용에서 가장 중요한 핵심은 무엇이라 생각하나요?

질문에 관련 있는 부분을 만화에서 찾고 그 내용과 함께 자기 의견을 설명하세요.

리액션 하기 의견을 들은 후에는 자기 생각과 비슷한 리액션 동작을 표현하고, 그 이유를 짧게 설명하세요. [복수 선택 가능]

👍 핵심을 정확히 설명했을 때	🤏 핵심만 간단히 설명하길 바랄 때
OK 내 의견과 비슷하다고 생각할 때	헐~ 미처 생각하지 못한 것을 설명했을 때
설명이 나에게 도움이 되었을 때	대박 설명을 듣다가 이해한 것이 생겼을 때
듣다 보니 질문이 생길 때	발표 태도가 이전보다 개선됐을 때

🗨 성경적 개념 설명하기

아담이 하나님과의 약속을 비린 이유를 사진 2장과 함께 설명하세요.

 자기 언어로 해설과 대사를 기록하고 설명하세요.

 – 짝과 함께 문장을 완성하고 그 의미를 구체적으로 설명하세요.

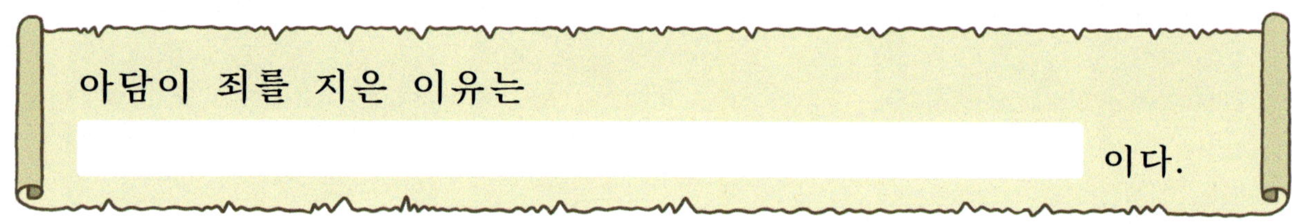

제2과 - 하브루타 강단 2

죄의 후폭풍

　죄는 한 번 저지른 사건으로 끝나지 않아요. 죄악이 우리 영혼에 들러붙어 계속해서 우리를 엉망진창으로 만들어요. 아담은 뱀의 말처럼 눈이 밝아지기는커녕 오히려 어두워져 부끄러워하지 않던 것을 부끄러워하고, 내 몸처럼 사랑하던 하와는 핑계와 원망의 대상이 되었어요. 아담의 아들 가인은 동생 아벨을 시기하여 돌로 쳐 죽이는 비참한 사람이 되었어요.

　오늘날도 사람들은 아담처럼 눈이 어두워, 정말 중요한 것은 가볍게 여기고, 없어도 그만인 것에는 목숨을 걸려고 하죠. 죄가 무서운 것은 그 대가가 하나님과의 단절로 끝나지 않기 때문이에요. 말로 표현히기 힘든 고통이 따르는 영원한 심판이 기다리고 있어요. 그런데도 사람들은 심판을 무서워하지도 않고 신경 쓰지도 않아요. 또 불행을 자기 죄가 아닌 환경 때문이라고 생각하죠.

　하나님과의 관계가 깨지면, 모든 것이 엉망진창이 되어요. 잘못이 드러나도 회개할 줄 모르고, 변명하고, 핑계를 대기 바쁘죠. 아담의 모습은 우리들의 모습을 보여주는 것이에요. 가인도 아담처럼 자기를 돌아볼 줄 모르고, 남의 탓만 하고, 핑계 대고, 자기 책임을 피하려고만 했어요.

　인간은 마치 화병에 담긴 꽃처럼 아무리 좋은 처방을 해도 결국 시들고 죽게 되어요. 줄기에서 잘렸기 때문이죠. 인간의 모든 불행은 하나님과 단절되었기 때문이에요. 지금은 숨 쉬고 살아있는 것처럼 보여도 죄지은 인간은 꽃병의 꽃처럼 결국 무서운 심판을 받아야 해요. 우리에게는 소망이 없습니다.

* 참고 - 한자를 살피고 단어의 뜻을 알아보세요.
　대가 [代 대신한다.. 價 값] - 값을 대신하다
　단절 [斷 끊다 切 끊다] - 완전히 가르다
　처방 [處 살다 方 방향] - 살 수 있는 방향
　소망 [所 바. 위치 望 바라다] - 바라는 것 또는 위치

죄는 한번 일어난 일로 끝나지 않고 영혼에 들러붙습니다. 죄가 들러붙으면 영혼은 어둠으로 물듭니다.

또 자기 잘못을 보지 못하게 하고 핑계를 대고 원망하게 만듭니다.

만약 네가 옳다면 어째서 얼굴을 들지 못하느냐? 그러나 네가 옳지 않다면 죄가 문 앞에 도사리고 있을 것이다. 죄가 너를 지배하려 하니 너는 죄를 다스려야 한다.

가인이 자기 동생 아벨에게 말해 그들이 들에 나가 있을 때 가인이 일어나 그의 동생 아벨을 쳐서 죽였습니다

[창세기 4장 7-8절]

죄로 인해 하나님과 관계가 깨지면 모든 것이 엉망진창이 됩니다.

죄지은 사람은 줄기에서 잘린 꽃처럼 어떤 처방을 해도 열매 맺지 못하고 시들어 죽게 됩니다.

하브루타 활동

하브루타 강단 돌아 보기 질문 1~2개를 선택하고 의견을 발표하세요.

* 공부하며 생각난 질문이 있나요?　　　* 이해가 안 되는 내용이 있나요?
* 오늘 처음 알게 된 내용이 있나요?　　* 연관되어 떠오른 이야기가 있나요?
　　* 전에 알고 있었지만, 새롭게 다가온 내용은 무엇인가요?
　　* 공부한 내용에서 가장 중요한 핵심은 무엇이라 생각하나요?

질문에 관련 있는 부분을 만화에서 찾고 그 내용과 함께 자기 의견을 설명하세요.

리액션 하기 의견을 들은 후에는 자기 생각과 비슷한 리액션 동작을 표현하고, 그 이유를 짧게 설명하세요. [복수 선택 가능]

👍	핵심을 정확히 설명했을 때		핵심만 간단히 설명하길 바랄 때
ok	내 의견과 비슷하다고 생각할 때	헐~	미처 생각하지 못한 것을 설명했을 때
	설명이 나에게 도움이 되었을 때	대박	설명을 듣다가 이해한 것이 생겼을 때
	듣다 보니 질문이 생길 때		발표 태도가 이전보다 개선됐을 때

성경적 개념 설명하기 – 죄가 무잇인지, 그 대가가 무엇인지 사진을 이용해 짝과 의논 후 각자 설명하세요.

🗨 **한 줄 요약** – 짝과 함께 문장을 완성하고 그 의미를 구체적으로 설명하세요.

죄로 인한 결과는

이다.

요약하고 기도하기

✏️ 말씀 다시 보기

밑줄이 누구를 말하는지 (어떤 의미인지) 이야기한 후 뜻을 생각하며 천천히 읽으세요.

창세기 3장 [우리말성경]

¹여호와 하나님께서 만드신 들짐승 가운데 <u>뱀이</u>   가장 <u>교활했습니다.</u>

그가 여자   에게 말했습니다. "정말 하나님께서 '동산의 어떤 나무의 열매도 먹으면 안 된다'라고 말씀하셨느냐?"

....

⁵이는 <u>너희가</u>   그것을 먹는 날에는 너희 눈이 열려서 너희가 선과 악을 아시는 <u>하나님처럼 될 것을</u>

하나님께서 아시기 때문이다." [5절 - 뱀의 거짓말]

✏️ 제2과 요약하기

2~3명이 짝이 되어 하와를 유혹하는 사단의 전략과 선악과의 의미가 포함되도록 아래 문장을 완성하세요.

사단은 하와를 무너뜨리기 위해 ____________________

________________________ 속였습니다.

하와가 선악과를 먹은 이유는

___________________ 하기 위해서입니다.

아담과 하와가 선악과를 먹은 의미는 _______________입니다.

그 결과 인간은_________________ 하게 되었습니다.

작은 기도 부흥회

회개   자신을 돌아보고 앞으로 하지 말아야 할 일들을 나누세요.

1) 욕심 때문에 하나님을 외면한 나의 모습은?

   ____

2) 하나님의 말씀을 무시하고 내 맘대로 살던 모습은?

   ____

3) 그밖에 나누고 싶은 질문 ___________________________

간구   내 힘으로 할 수 없기에 하나님의 도움이 필요한 일을 나누세요.

1) 하나님 능력보다 관계가 우선되게 하소서!

2) 들러붙은 죄의 무서움을 알게 하소서!

3) 그 밖에 기도하고 싶은 것 _______________________

나의 결단   각오나 다짐이 아닌 확인 가능한 실천을 나누세요.

   ____

   ____

#. 나눔 후, 스마트폰 등을 사용하여 찬양과 함께
서로 손을 맞잡고 큰 소리로 기도하세요.

3과

예수님의 십자가

진도 보다 내용을 이해할 수 있도록 충분히 이야기 나누세요.

베드로전서 2장 24-25절

[개역 개정]

24 친히 나무에 달려 그 몸으로 우리 죄를 담당하셨으니

이는 우리로 죄에 대하여 죽고 의에 대하여 살게 하려 하심이라

그가 채찍에 맞음으로 너희는 나음을 얻었나니

25 너희가 전에는 양과 같이 길을 잃었더니

이제는 너희 영혼의 목자와 감독 되신 이에게 돌아왔느니라

[현대어 성경]

24 그리고 몸소 우리의 모든 죄를 걸머지고 십자가 위에서 죽으셨습니다.

그래서 우리는 죄를 떠나서 올바른 생활을 할 수 있게 된 것입니다.

그리스도께서 상처를 입으신 대신 우리가 낫게 된 것입니다.

25 여러분이 전에는 하나님을 떠나서 길 잃은 양처럼 헤매 다녔습니다.

그러나 이제는 어떤 적이 공격해 와도 여러분의 영혼을 안전하게 지켜 주시는

감독자와 목자이신 그분에게로 돌아왔습니다.

제3과 - 하브루타 강단 1

죽으러 오신 하나님의 아들

하나님께 죄를 지은 사람은 죽음으로 대가를 치러야만 해요. 하지만 사람들은 죽음의 참 의미를 모른 채, 아담처럼 하나님을 무시하며 자기 마음대로 살고 있어요. 하지만 인간은 죽음과 함께 말로 다 표현할 수 없는 엄청난 고통이 기다린다는 것을 알아야 해요. 더더욱 인간이 정말 불쌍한 것은 이 무서운 심판에서 스스로 벗어날 능력이 없다는 것이에요.

이제부터라도 하나님 말씀대로 살면 될 것 같지만, 이미 지은 죄가 있기에 우리는 결코 심판을 피할 수 없어요. 우리가 살 수 있는 길은 누군가 나 대신 죽어주는 것뿐이지요. 하지만 그런 사람이 있을까요? 설령 있다고 해도, 그 사람은 죄가 없어야 하지요. 만약 죄가 있으면 그도 자기가 죄로 죽는 것뿐이에요. 세상에 죄 없는 사람은 한 명도 없어요. 이것이 바로 하나님의 독생자, 의로우신 예수님이 우리를 대신해 죽기 위해 이 땅에 오신 이유입니다.

가끔 하나님은 왜 죄지은 사람을 모두 없애버리고, 새로운 사람을 만들지 않았냐고 묻는 사람도 있지만, 자녀가 마음에 안 든다고 죽이고 나서 다시 아이를 낳겠다는 부모가 있을까요? 말도 안 되는 소리지요. 하나님은 우리를 너무 사랑하시기에 결코 포기할 수 없었어요. 하나님은 우리가 그 무서운 형벌을 받는 것을 차마 지켜만 볼 수 없으셨던 것이에요.

그래서 이천 년 전, 예수님은 베들레헴에서 태어나셨어요. 우리를 대신해 죽기 위해 온전한 사람으로 태어나신 거예요. 이 사건은 하나님이 얼마나 우리를 사랑하는지 가장 확실히 보여주는 사건이에요. 이것은 '사랑'이 아니면 그 무엇으로도 설명할 수 없는 일입니다.

* 참고 - 한자를 살피고 단어의 뜻을 알아보세요.
형벌 [刑 형벌, 죽이다 罰 죄를 속하다] - 죄를 속하기 위해 죽는다
심판 [審 살피다, 判 판가름하다] - 살펴서 판가름하다
독생자 [獨 홀로, 生 살다, 태어나다, 子 아들] - 홀로(유일하게) 태어난 아들

그러나 우리가 아직 죄인이었을 때 그리스도께서 우리를 위해 죽으심으로 하나님께서는 우리에 대한 그분의 사랑을 나타내셨습니다.
[로마서 5장 8절]
하나님이 하신 일은 무엇인가?

사람들이 실감하지 못한 죽음의 끝은 정말 끔찍한 고통입니다. 그러나 과연 그럴 수 있는 능력이 있을까요?
내가 왜?
이제라도 말씀에 순종하면 안 돼나요?
또 이미 지은 죄는 어떡하나요?.
인간 스스로는 죄를 해결할 수 없습니다.
XX 때문만 아니었어도....
내가 왜? 왜?
으윽~ 내가 왜? 억울해~~
죄 죄

나 대신 죽어줄 사람이 있다면 얼마나 좋을까요? 그러나 있다고 해도 그는 죄가 없어야 합니다. 있다면 그도 자기 죄로 죽어야 하기 때문이지요.
놉 ㅋ ㅋ ㅋ ㅋ
그런 사람이 어딨어!
결국..
죄 죄

하나님께서 세상을 이처럼 사랑하셔서 외아들을 주셨으니 이는 그를 믿는 사람마다 멸망하지 않고 영생을 얻게 하려는 것이다.
[요한복음 3장 16절]
와
하나님은 방법이 있다고!

하나님은 메시아를 아기 예수가 되어 베들레헴에 태어났게 했습니다.
세상에 이런 일이!

하브루타 활동

하브루타 강단 돌아 보기 질문 1~2개를 선택하고 의견을 발표하세요.

* 공부하며 생각난 질문이 있나요? * 이해가 안 되는 내용이 있나요?
* 오늘 처음 알게 된 내용이 있나요? * 연관되어 떠오른 이야기가 있나요?
* 전에 알고 있었지만, 새롭게 다가온 내용은 무엇인가요?
* 공부한 내용에서 가장 중요한 핵심은 무엇이라 생각하나요?

질문에 관련 있는 부분을 만화에서 찾고 그 내용과 함께 자기 의견을 설명하세요.

리액션 하기 의견을 들은 후에는 자기 생각과 비슷한 리액션 동작을 표현하고, 그 이유를 짧게 설명하세요. [복수 선택 가능]

핵심을 정확히 설명했을 때	핵심만 간단히 설명하길 바릴 때
내 의견과 비슷하다고 생각할 때	미처 생각하지 못한 것을 설명했을 때
설명이 나에게 도움이 되었을 때	설명을 듣다가 이해한 것이 생겼을 때
듣다 보니 질문이 생길 때	발표 태도가 이전보다 개선됐을 때

성경적 개념 설명하기 – 사진과 단어를 각각 2개를 선택하고 성경에서 말하는 죽음을 설명하세요.

핵심 내용 정리 하기 자기 언어로 해설과 대사를 기록하고 설명하세요.

죽음은 ________________________
________________________것입니다.

인간은 ________________________
________________________ 합니다.

인간에겐 방법이 없습니다. 오직 ______
________________________뿐입니다.

요한복음 3: 16
하나님께서 세상을 이처럼 사랑하셔서 외아들을 주셨으니 이는 그를 믿는 사람마다 멸망하지 않고 영생을 얻게 하려는 것이다.

한 줄 요약 – 짝과 함께 문장을 완성하고 그 의미를 구체적으로 설명하세요.

성경에서 죽음은 심장이 멈추고 호흡이 끊기는 것이 아니라
____이다.

제3과 - 하브루타 강단 2

진정한 신의 한 수, 십자가

하나님께서는 수많은 선지자를 통해 '메시아'를 약속하셨어요. '메시아'는 기름 부음 받은 자란 뜻으로, 왕이나 제사장을 세울 때 머리에 기름을 붓던 의식에서 나온 말이에요. 유대인들은 메시아가 다윗처럼 이스라엘을 로마로부터 독립된 나라로 다시 세울 왕으로 생각했어요. 하지만 진정한 메시아는 우리를 대신해 죄의 대가를 치르고, 하나님과의 관계를 회복시켜 주시는 분이에요.

그래서 예수님은 병들거나, 사고로 죽어서는 안 돼요. 신명기 말씀대로 하나님의 심판을 상징하는 나무에 달려서 죽으셔야만 했어요. 예수님이 베들레헴에 태어나자, '유대의 왕이 태어났다'며 동방의 먼 나라에서 박사들이 찾아왔어요. 놀란 헤롯 왕은 자신의 자리를 지키기 위해 베들레헴의 모든 아기를 죽이는 만행을 저질렀어요. 사단이 헤롯 왕을 이용해 예수님을 해치려 한 것이었어요. 하지만 하나님은 요셉의 꿈에 나타나 아기 예수를 미리 피신시키셨어요.

시간이 지나고 예수님께서 복음을 전하자, 제사장들은 조용히 백성의 눈을 피해 한밤중에 예수님을 '신성 모독죄'로 체포했어요. 하지만 당시 유대인에게는 사형 권한이 없었어요. 그들은 새벽 일찍 예수님을 로마 총독 빌라도에게 끌고 갔어요. 로마법은 유대인의 종교 문제는 재판하지 않았기 때문에 제사장들은 죄명을 바꿔 로마 황제에게 반란을 일으켰다고 거짓으로 고발했어요.

유대 법에 따라 돌로 죽일 수 있지만, 유대 제사장들은 이상하게도 끈질기게 십자가를 요구했어요. 하나님의 저주로 죽었으니 가짜 메시아라고 주장하려는 속셈이었어요. 하지만, 이 모두는 철저한 하나님의 계획이었어요. 예수님도 십자가를 원하셨어요. 하나님의 법정에서 우리를 대신해 심판받은 거예요.

* 참고 - 한자를 살피고 단어의 뜻을 알아보세요.
  악행 [惡 악하다, 行 움직이다, 행하다] - 악하게 행하다
  권한 [權 저울추, 限 한계] - 저울의 한계 곧 판단의 한계
  재판 [裁 치수에 맞게 재고 자르다, 判 판단하다 구분하다] - 기준에 맞는지 판단하다

유대의 왕이 태어났다는 말에 헤롯왕은 베들레헴의 모든 아기를 죽였습니다. 그러나 아기 예수님은 성령님의 도움으로 피신할 수 있었습니다.

시간이 지나고 예수님이 복음을 선포하자 유대 지도자들은 백성들 몰래 조용히 밤에 체포하고 고문을 했습니다.

제사장들은 다음 날 새벽 일찍 빌라도에게 예수님을 끌고가 로마 황제에게 반란을 일으킨 자라고 거짓으로 고발했습니다.

그것은 사실 하나님의 계획이었습니다. 예수님은 사고나 병으로 죽으면 안 되기 때문입니다. 우리 대신 하나님께 심판을 받아 나무에 달려야 하기 때문입니다.
(민21:23)

누가 감히 하나님의 아들을 못 박을 수 있겠습니까?
우리를 살리기 위한 하나님의 계획에 따라 예수님은 스스로 죽으신 것입니다.

하브루타 활동

하브루타 강단 돌아 보기 질문 1~2개를 선택하고 의견을 발표하세요.

* 공부하며 생각난 질문이 있나요?   * 이해가 안 되는 내용이 있나요?
* 오늘 처음 알게 된 내용이 있나요?   * 연관되어 떠오른 이야기가 있나요?
  * 전에 알고 있었지만, 새롭게 다가온 내용은 무엇인가요?
  * 공부한 내용에서 가장 중요한 핵심은 무엇이라 생각하나요?

질문에 관련 있는 부분을 만화에서 찾고 그 내용과 함께 자기 의견을 설명하세요.

리액션 하기 의견을 들은 후에는 자기 생각과 비슷한 리액션 동작을 표현하고, 그 이유를 짧게 설명하세요. [복수 선택 가능]

👍	핵심을 정확히 설명했을 때	🤏	핵심만 간단히 설명하길 바랄 때
OK	내 의견과 비슷하다고 생각할 때	헐~	미처 생각하지 못한 것을 설명했을 때
	설명이 나에게 도움이 되었을 때	대박	설명을 듣다가 이해한 것이 생겼을 때
👆	듣다 보니 질문이 생길 때		발표 태도가 이전보다 개선됐을 때

성경적 개념 설명하기 – 십자가 구원을 설명하기 위해 꼭 필요한 단어를 세 가지 이상 선택하여 아래 문장을 완성한 후 설명하세요.

하나님의 저주	영원한 형벌	죽음	신성 모독
나무에 달리심	바리새인	빌라도	사단	반성
대신 죽음	?	예언	회개	꽃병

인간은 ____

____ 이다.

예수님은 ____

____ 이다.

핵심 내용 정리 하기 자기 언어로 해설과 대사를 기록하고 설명하세요.

예수님이 아기로 태어나자, __________ ______________미리 피신했습니다.

유대 지도자들은 예수님을 ______ _______________________했습니다.

제사장들은 예수님을 사형시킬 목적 으로 _________________니다.

예수님은 ____________________________ _______________ 죽어야 합니다(민21:23)

한 줄 요 약 - 짝과 함께 문장을 완성하고 그 의미를 구체적으로 설명하세요.

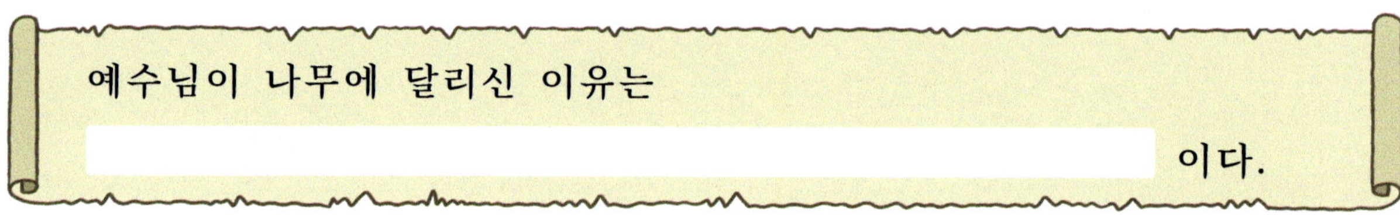
예수님이 나무에 달리신 이유는
이다.

요약하고 기도하기

📝 말씀 다시 보기

밑줄이 누구를 말하는지 (어떤 의미인지) 이야기한 후 뜻을 생각하며 천천히 읽으세요.

> 로마서 5장 8절 [우리말성경] – 그러나 **우리가**   아직 **죄인** 이었을 때   **그리스도께서**   우리를 위해 죽으심으로 하나님께서는 우리에 대한 그분의 사랑을 나타내셨습니다.

📝 제3과 요약하기

나의 요약] 각자 아래 문장을 완성하세요.

> 예수님이 이 땅에 사람으로 오실 수밖에 없었던 것은 ＿＿＿＿＿＿＿＿
> ＿＿＿＿＿＿＿＿＿＿＿＿＿＿＿＿＿＿＿＿＿＿＿＿＿＿＿＿＿＿때문이다.
> 또 예수님이 나무에 달려야만 했던 이유는 ＿＿＿＿＿＿＿＿＿＿＿
> ＿＿＿＿＿＿＿＿＿＿＿＿＿＿＿＿＿＿＿＿＿＿＿＿＿＿＿＿＿＿이다.

짝과 함께 다시 요약하기

짝과 함께 예수님이 인간으로 태어난 이유와 십자가를 저야만 하는 이유가 포함된 요약으로 다시 통일하세요.

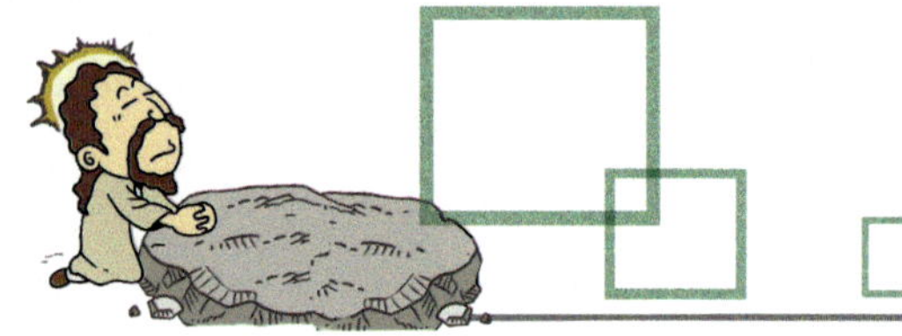

작은 기도 부흥회

 자신을 돌아보고 앞으로 하지 말아야 할 일들을 나누세요.

1) 인간의 정성과 노력으로 주의 복을 받으려던 나의 모습은?

____

2) 진심으로 십자가의 사랑에 감사하지 못한 나의 모습은?

____

3) 그밖에 나누고 싶은 질문 _______________________________

 내 힘으로 할 수 없기에 하나님의 도움이 필요한 일을 나누세요.

1) 예수님을 보내신 하나님의 사랑을 알게 하소서!
2) 그리스도의 희생이 헛되지 않은 인생이 되게 하소서!
3) 그 밖에 기도하고 싶은 것 _______________________________

 각오나 다짐이 아닌 확인 가능한 실천을 나누세요.

____

____

#. 나눔 후, 스마트폰 등을 사용하여 찬양과 함께
서로 손을 맞잡고 큰 소리로 기도하세요.

그리스도의 부활

진도 보다 내용을 이해할 수 있도록 충분히 이야기 나누세요.

고린도전서 15장 20-21절

[개역 개정]

20 그러나 이제 그리스도께서 죽은 자 가운데서 다시 살아나사
잠자는 자들의 첫 열매가 되셨도다
21 사망이 한 사람으로 말미암았으니
죽은 자의 부활도 한 사람으로 말미암는도다

[현대어 성경]

20그러나 이제 그리스도께서 죽은 사람들 가운데서
다시 살아나셔서 잠자는 사람들의 첫 열매가 되셨습니다.
21한 사람으로 인해 죽음이 들어왔으니
한 사람으로 인해 죽은 사람들의 부활도 옵니다.

제4과 - 하브루타 강단 1

이해보다는 믿음의 문제

많은 사람이 과학적이지 않다는 이유로 부활은 터무니없다고 생각해요. 하지만 과학은 완전하지 않아요. 500년 전에는 태양이 지구를 돈다는 것이 상식이었어요. 100년 전만 해도 우주에 가는 것은 상상조차 못 했어요. 이처럼 진리처럼 생각하는 과학 상식이 달라지기도 하고, 과학이 세상의 모든 것을 설명할 수 있는 것이 아니어요.

지금 당장은 부활을 증명할 수 없지만, 때가 되면 당연한 일이 될 거예요. 그렇다고 나중 문제로 생각해서는 안 돼요. 사도 바울은 부활에 대한 믿음이 우리의 구원을 결정한다고 했어요. 부활은 신의 영역이기에 인간의 논리로 설명할 수는 없지만, 부활을 믿는 사람에게는 구원의 은혜가 있어요.

사람들이 부활을 믿지 못하는 가장 큰 이유는 예수님을 사람으로만 생각하기 때문이에요. 예수님은 사람으로 태어나셨지만, 근본적으로는 하나님의 아들이에요. 예수님이 사람으로서 해야 할 대속은 십자가에서 모두 이루셨어요. 죄 없는 하나님의 아들이 부활하지 못한다는 것이 오히려 이상한 일에요.

유대 제사장들은 제자들이 예수님의 시체를 훔친 뒤 부활했다고 소문낼까 염려했어요. 그래서 수많은 군인을 동원해 무덤을 지키게 했지요. 하지만 예수님의 시체는 결국 사라졌고, 끝내 찾지 못했어요. 정말로 부활했기 때문이죠. 어떤 사람은 죽은 것이 아니라 잠시 기절했거나 제자들이 환상을 본 것이라고 하지만, 오백 명이 동시에 같은 환상을 볼 수는 없어요. 이는 오히려 부활이 사실이란 것을 증명할 뿐이에요.

세상에는 가끔 죽었다 살아난 사람도 있지만, 부활은 그런 것이 아니어요. 그들은 결국 다시 죽기 때문이지요. 진정한 부활은 몸이 다시 살아나는 것을 넘어 하나님과 영원히 함께하는 것입니다.

* 참고 - 한자를 살피고 단어의 뜻을 알아보세요.
　부활 [復 다시 돌아오다 活 살다] - 다시 살아나다
　상식 [常 떳떳하다. 일정하다 識 알다] - 일정하고 떳떳하게 아는 것
　구원 [救 건지다. 援 당기다] - 큰 세상이 처음 드러난

죽었다 살아난 사람도 있지만 그들은 결국 다시 죽었습니다. 성경이 말하는 부활은 그런 것이 아닙니다. 부활은 몸이 다시 사는 것을 넘어 영원하신 하나님과 함께하는 것입니다.

하브루타 강단 돌아 보기 질문 1~2개를 선택하고 의견을 발표하세요.

* 공부하며 생각난 질문이 있나요?   * 이해가 안 되는 내용이 있나요?
* 오늘 처음 알게 된 내용이 있나요?   * 연관되어 떠오른 이야기가 있나요?
* 전에 알고 있었지만, 새롭게 다가온 내용은 무엇인가요?
* 공부한 내용에서 가장 중요한 핵심은 무엇이라 생각하나요?

질문에 관련 있는 부분을 만화에서 찾고 그 내용과 함께 자기 의견을 설명하세요.

리액션 하기 의견을 들은 후에는 자기 생각과 비슷한 리액션 동작을 표현하고, 그 이유를 짧게 설명하세요. [복수 선택 가능]

👍	핵심을 정확히 설명했을 때	핵심만 간단히 설명하길 바랄 때
OK	내 의견과 비슷하다고 생각할 때	헐~	미처 생각하지 못한 것을 설명했을 때
	설명이 나에게 도움이 되었을 때	대박	설명을 듣다가 이해한 것이 생겼을 때
	듣다 보니 질문이 생길 때		발표 태도가 이전보다 개선됐을 때

성경적 개념 설명하기 – 성경적 부활을 설명할 때 필요한 핵심 단어와 사진을 각각 2개 이상 선택하여 설명하세요.

과학적 증명	죄	믿음	하나님	다시
이해	육체	하나님 아들	예수	함께

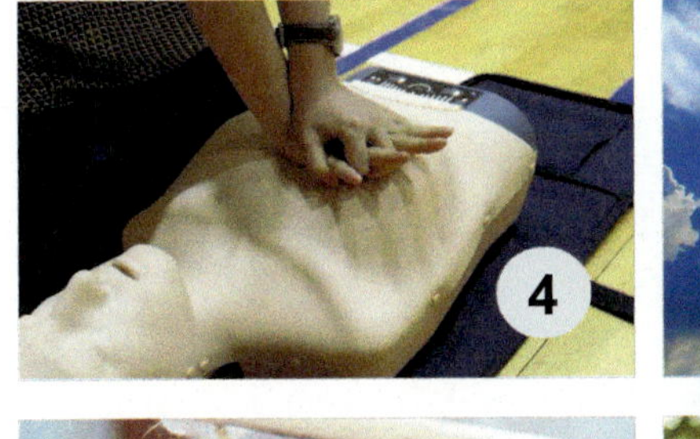

죽었다 살아난 사람도 있지만 ________________________________ 그러나 부활은
____ 이다.

🗨 **한 줄 요약** - 짝과 함께 문장을 완성하고 그 의미를 구체적으로 설명하세요.

성경에서 부활은

이다.

제4과 - 하브루타 강단 2

부활이 생명이다.

만약 예수님이 부활하지 않았다면 커다란 문제가 생겼을 거예요. 사단은 우리의 죄가 해결되지 않았다고 주장했을 거예요. 예수님도 사람이니 자기 죄로 죽은 것뿐이라고 억지를 부렸을 것이에요.

부활이 없었다면, 우리는 십자가의 죄 사함을 확신하기 힘들었을 거예요. 특별히 증명할 방법이 없으니, 사단의 속임수에 쉽게 넘어갔을 거예요. 하지만 예수님은 부활하셔서 우리의 죄가 완벽히 해결되었다는 것을 보증하시죠. 또한 성령님이 우리와 함께하신 것이 두 번째 보증이에요. 어둠이 빛과 함께 할 수 없듯이 죄인은 하나님과 함께 할 수가 없어요. 그러니 성령님이 우리와 함께하는 것은 우리의 죄가 완전히 해결됐다는 증거입니다.

많은 사람이 부활은 먼 훗날 다시 살아나서 천국에 가는 것으로 생각해요. 그러나 진정한 부활의 축복은 바로 지금, 이 땅에서부터 성령님과 함께하는 것이에요. 성령님이 함께하면, 우리 삶에는 놀라운 변화가 생겨요. 미움과 원망에서 벗어나고, 환경이 어려울 때도 소망을 품게 되죠. 믿음이 생기니 말과 표정, 행동이 변하고, 응답하시는 하나님을 생생하게 경험하게 되어요.

예수님은 우리에게 그리스도의 증인이 되라고 말씀하세요. 이는 단순히 사람들에게 예수님을 소개하라는 것이 아니에요. 성령님과 함께하는 삶을 통해 복음이 옳다는 것을 보여주는 것이에요. 물론 이 일은 인간의 힘으로는 불가능해요. 오직 성령께서 권능으로 함께 할 때 가능한 일이죠.

과거, 우리가 죄의 종이었을 때는 잘못인 줄 알아도 죄에서 벗어날 수가 없었어요. 하지만 성령님과 함께하면, 하나님 말씀을 믿고 더욱 순종하게 되고, 성령의 권능이 나타나 그리스도의 영광을 드러내는 사람이 되어요.

* 참고 - 한자를 살피고 단어의 뜻을 알아보세요.
  부활 [復 돌아오다, 되풀이하다, 뒤집다 活 살다, 소생하다, - 살아 돌아오다
  보증 [保 지키다, 편안하게 하다, 돕다 證 증명하다, 알리다, 고하다 - 증명하여 지키다
  권능 [權 저울추 能 능력] - 분별하고 판단하는 능력

태양이 뜨면 어둠이 사라지듯이 성령님이 함께하는 것은 우리의 죄가 완벽히 해결됐다는 증거입니다. 죄인은 하나님과 함께할 수 없습니다.

너희에게 성령이 임하면 권능을 받고 예루살렘과 온 유대와 사마리아와 땅끝까지 이르러 내 증인이 될 것이다 사도행전 1:8

'증인'은 복음에 대해 말해 주는 것을 넘어서 성령님이 함께하는 삶을 보여 주는 것입니다.

부활은 나중에 천국 가서 누리는 복이 아닙니다. 예수님을 믿는 자가 누리는 '성령님과 동행'입니다.

하브루타 활동

하브루타 강단 돌아 보기 질문 1~2개를 선택하고 의견을 발표하세요.

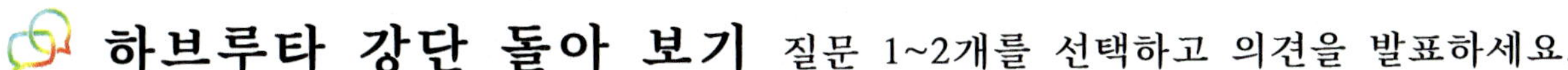

* 공부하며 생각난 질문이 있나요?　　* 이해가 안 되는 내용이 있나요?
* 오늘 처음 알게 된 내용이 있나요?　　* 연관되어 떠오른 이야기가 있나요?
　　* 전에 알고 있었지만, 새롭게 다가온 내용은 무엇인가요?
　　* 공부한 내용에서 가장 중요한 핵심은 무엇이라 생각하나요?

질문에 관련 있는 부분을 만화에서 찾고 그 내용과 함께 자기 의견을 설명하세요.

리액션 하기 의견을 들은 후에는 자기 생각과 비슷한 리액션 동작을 표현하고, 그 이유를 짧게 설명하세요. [복수 선택 가능]

👍	핵심을 정확히 설명했을 때	✋	핵심만 간단히 설명하길 바랄 때
ok	내 의견과 비슷하다고 생각할 때	헐~	미처 생각하지 못한 것을 설명했을 때
짝짝이	설명이 나에게 도움이 되었을 때	대박	설명을 듣다가 이해한 것이 생겼을 때
👆	듣다 보니 질문이 생길 때	박수	발표 태도가 이전보다 개선됐을 때

성경적 개념 설명하기 예수님의 부활이 우리에게 필요한 이유를 설명하는 데 필요한 단어를 세 개 이상 선택하고 설명하세요.

저주	억지	형벌	사단	나무
죽음	회개	꽃병	심판	하나님
신성모독	예언	증인	증거	종

 자기 언어로 해설과 대사를 기록하고 설명하세요.

 – 짝과 함께 문장을 완성하고 그 의미를 구체적으로 설명하세요.

부활에 대한 믿음이 중요한 이유는
________________________________ 이다.

요약하고 기도하기

📝 말씀 다시 보기

밑줄이 누구를 말하는지 (어떤 의미인지) 이야기한 후 뜻을 생각하며 천천히 읽으세요.

[로마서 10장 9절] [우리말성경]

네가 ⬚ 만일 네 입으로 예수를 주로 시인하며 또 하나님께서

그를 ⬚ **죽은 자** ⬚ 가운데서 살리신 것을 네 마음에 믿으면 구원을 받으리라

[사도행전 1장 8절] [우리말성경]

성령께서 **너희에게** ⬚ 오시면 너희가 권능을 받고 예루살렘과 온 유대와 사마리아와 땅끝까지 이르러 **내 증인이 될 것이다** ⬚

📝 제4과 요약하기

나의 요약] 각자 아래 문장을 완성하세요.

부활의 참 의미는 ____이다.

부활하신 예수님은 우리에게 ________을 보내 주셨고, 부활을 믿으며

산다는 것은 ________________________________ 하는 삶을 말한다.

짝과 함께 다시 요약하기

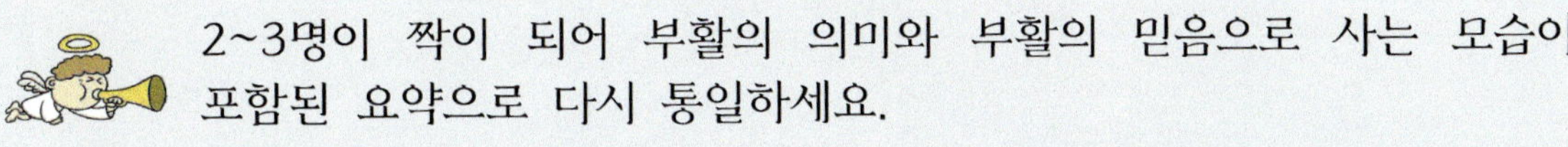

2~3명이 짝이 되어 부활의 의미와 부활의 믿음으로 사는 모습이 포함된 요약으로 다시 통일하세요.

작은 기도 부흥회

회개 자신을 돌아보고 앞으로 하지 말아야 할 일들을 나누세요.

1) 부활을 인간의 논리와 과학으로만 판단했던 나의 모습은?

____

2) 예수의 증인이 되는 것과 상관없이 살아온 나의 모습은?

____

3) 그밖에 나누고 싶은 질문 _______________________________

간구 내 힘으로 할 수 없기에 하나님의 도움이 필요한 일을 나누세요.

1) 예수님 부활이 주는 축복을 제대로 알고 누리게 하소서!
2) 성령님과 동행하며 예수 부활의 증인이 되게 하소서!
3) 그 밖에 기도하고 싶은 것 _______________________________

나의 결단 각오나 다짐이 아닌 확인 가능한 실천을 나누세요.

____

____

#. 나눔 후, 스마트폰 등을 사용하여 찬양과 함께
서로 손을 맞잡고 큰 소리로 기도하세요.

5과

다시 오실 예수님

진도 보다 내용을 이해할 수 있도록 충분히 이야기 나누세요.

사도행전 1장 10-11절

[개역 개정]

10 올라가실 때에 제자들이 자세히 하늘을 쳐다보고 있는데
흰 옷 입은 두 사람이 그들 곁에 서서
11 이르되 갈릴리 사람들아 어찌하여 서서 하늘을 쳐다보느냐
너희 가운데서 하늘로 올려지신 이 예수는
하늘로 가심을 본 그대로 오시리라 하였느니라

[현대어 성경]

10 그들이 예수께서 승천하시는 모습을 한없이 바라보고 있는데
갑자기 흰옷을 입은 두 사람이 그들 곁에 나타나서
11 말하였다.
'갈릴리 사람들아, 왜 여기 서서 하늘만 쳐다보고 있느냐?
예수께서는 하늘로 올라가셨다.
그러나 훗날 그분은 올라가시던 그대로 다시 오실 것이다.'

제5과 - 하브루타 강단 1

그 모습대로 오실 예수

　제자들은 예수님께서 이스라엘의 왕이 되실 것으로 생각했어요. 그런데 그들 눈앞에서 예수님은 하늘로 올라가셨어요. 제자들이 너무 놀라 하늘만 쳐다보고 있을 때, 흰옷을 입은 두 천사가 예수님은 하늘로 올라가신 모습 그대로 다시 오실 것이라고 했어요.

　다시 오실 예수님은 영원한 영광의 왕으로 오실 것이에요. 그런데 왜 화려한 왕관 대신 2천 년 전 그 모습 그대로 오신다고 했을까요? 이는 세상에 자기가 재림 예수라고 속이는 사람이 많기 때문이에요. 예수님은 2천 년 전 우리를 위해 십자가에 죽으시고, 부활하신 바로 그분이란 사실을 세상 누구나 알 수 있도록 오실 거예요.

　따라서 예수님은 특정 사람의 몸에 영으로 임하거나, 일부 종교 집단만 알도록 은밀하게 오시는 일은 없어요. 성경은 예수님의 재림은 세상의 모든 사람이 알아볼 수 있도록 거대한 나팔 소리와 함께 구름을 타고 오신다고 분명히 말씀하고 있어요. 심지어 예수님을 대적하는 사람들도 조차 인정할 수밖에 없도록 오실 거예요.

　간혹 큰 지진이 나고 전쟁 같은 재난이 발생하면, 예수님이 오실 때가 됐다고 불안을 부추기는 사람들이 있어요. 그러나 그런 말에 귀 기울일 필요는 없어요. 자연재해와 전쟁은 어느 시대에나 항상 있었어요. 성경은 오히려 때와 징조는 신경 쓰지 말라고 해요. 그날을 오직 하나님만 알기 때문이죠.

　그러므로 믿는 자는 각자 주어진 일에 충성하며 예수님의 가르침에 집중하는 것이 올바른 자세이어요. 세상의 빛과 소금으로서 하나님과 이웃을 사랑하며 살아야 해요. 예수님을 만날 그날에 부끄럽지 않도록 주어진 일에 충실하게 사는 것이 중요하죠.

* 참고 - 한자를 살피고 단어의 뜻을 알아보세요.
　재림 [再 재차, 거듭, 다시 한번 臨 임하다, 군림하다.] - 다시 재차 임하다.
　이단 [異 다르다 端 끝] - 마지막이 다르다.
　공격 [攻 치다, 때리다 擊 부딪치다] - 부딪쳐 때리다.

내가 예수라고 주장한 사람은 늘 있습니다. 그런 사람들에게 속는 것은 성경을 공부하지 않기 때문입니다.

예수님은 이단 신도들만 알아보게 오시지 않습니다. 오히려 예수님을 싫어하는 사람까지도 알아볼 수 있게 오십니다.

그날이 되면 2천 년 전의 예수님이라는 것을 믿는 사람도 믿지 않는 사람도 모두 알 수 있게 오십니다. 관심 없는 사람들도 모두가 볼 수 있도록 큰 나팔 소리와 함께 오십니다.

하브루타 활동

하브루타 강단 돌아 보기 질문 1~2개를 선택하고 의견을 발표하세요.

* 공부하며 생각난 질문이 있나요?   * 이해가 안 되는 내용이 있나요?
* 오늘 처음 알게 된 내용이 있나요?   * 연관되어 떠오른 이야기가 있나요?
  * 전에 알고 있었지만, 새롭게 다가온 내용은 무엇인가요?
  * 공부한 내용에서 가장 중요한 핵심은 무엇이라 생각하나요?

질문에 관련 있는 부분을 만화에서 찾고 그 내용과 함께 자기 의견을 설명하세요.

리액션 하기 의견을 들은 후에는 자기 생각과 비슷한 리액션 동작을 표현하고, 그 이유를 짧게 설명하세요. [복수 선택 가능]

핵심을 정확히 설명했을 때	핵심만 간단히 설명하길 바랄 때
내 의견과 비슷하다고 생각할 때	미처 생각하지 못한 것을 설명했을 때
설명이 나에게 도움이 되었을 때	설명을 듣다가 이해한 것이 생겼을 때
듣다 보니 질문이 생길 때	발표 태도가 이전보다 개선됐을 때

성경적 개념 설명하기

– 이단에 빠지는 이유를 사진을 2장 선택하고 설명하세요.

한 줄 요약 – 짝과 함께 문장을 완성하고 그 의미를 구체적으로 설명하세요.

구원을 완성하기 위해 다시 오실 예수님은

한 모습으로 오신다.

제5과 - 하브루타 강단 2

부끄럽지 않은 그날

예수님을 믿는 사람 중에도 예수님의 재림에 대해 무관심한 사람이 많아요. 2천 년이 지났는데도 오지 않는 것을 보니, 당장은 중요하지 않은 먼 이야기라고 생각해요. 그러나 그것은 잘못된 생각이에요.

예수님이 내일 오실지, 수백 년 후에야 오실지는 아무도 모르지만, 우리에게 주어진 시간은 무한정하지 않아요. 구원은 이 세상에서 사는 동안에 예수님을 믿어야만 해요. 목숨이 끊기는 순간, 구원의 기회는 영원히 사라지죠.

아직도 예수님이 오시지 않은 이유는, 한 사람이라도 더 구원받기를 원하시는 하나님의 사랑 때문이에요(벧후3:9). 그렇다면 그 한 사람은 누구일까요? 바로 믿지 않는 아빠와 가족 그리고 주변 친구들일 수 있어요. 그들이 하나님의 사랑과 은혜를 누리도록 전도하는 것은, 주님을 믿는 우리들의 중요한 사명이에요,

사도 바울은 마지막 때가 가까울수록 사람들은 하나님을 알아도 자기 자신을 더 사랑하게 될 거라고 경고했어요(롬1:20 이후). 입으로는 하나님을 사랑하고 순종한다고 하지만, 실제로는 자신의 이득이 최우선인 사람들이어요. 그들은 아담처럼 자기 맘대로 살면서 당장 편하고 마음에 드는 것만 좋아하지요.

물론 편안하고 즐겁게 사는 것이 나쁘다는 이야기는 아니에요. 하지만 힘들고 수고스러워도 예수님이 기뻐하는 일을 소중히 여겨야 해요. 우리는 예수님의 말씀에 따라 하나님을 사랑하고, 이웃을 사랑하며 복음을 전하는 충성된 자로 살아야 해요.

* 참고 - 한자를 살피고 단어의 뜻을 알아보세요.

구원 [救 건지다. 고치다. 援 당기다. 잡다] - 당겨 건지다

은혜 [恩 은혜, 사랑하다. 혜택 惠 베풀다. 사랑하다] - 사랑으로 베풀어 받은 혜택

전도 [傳 전하다. 널리 퍼트리다 道 길, 도리, 이치] - 도리를 널리 퍼트리다

2 천년이 지나도 안 오시는 것을 보니 아직 멀었다고 생각하고는 사람도 많습니다.

하지만 예수님은 한 사람이라도 더 구원받기를 바라시며 기다리시는 것입니다.

이 땅에서 잘 먹고 잘사는 것도 좋은 일이지만

모두가 다 썩고 사라질 것들입니다.

영원한 하나님 나라를 생각하며 사는 것이 훨씬 고귀하고 가치 있는 삶입니다.

하브루타 활동

하브루타 강단 돌아 보기 질문 1~2개를 선택하고 의견을 발표하세요.

* 공부하며 생각난 질문이 있나요?
* 이해가 안 되는 내용이 있나요?
* 오늘 처음 알게 된 내용이 있나요?
* 연관되어 떠오른 이야기가 있나요?
* 전에 알고 있었지만, 새롭게 다가온 내용은 무엇인가요?
* 공부한 내용에서 가장 중요한 핵심은 무엇이라 생각하나요?

질문에 관련 있는 부분을 만화에서 찾고 그 내용과 함께 자기 의견을 설명하세요.

리액션 하기 의견을 들은 후에는 자기 생각과 비슷한 리액션 동작을 표현하고, 그 이유를 짧게 설명하세요. [복수 선택 가능]

핵심을 정확히 설명했을 때	핵심만 간단히 설명하길 바랄 때
내 의견과 비슷하다고 생각할 때	미처 생각하지 못한 것을 설명했을 때
설명이 나에게 도움이 되었을 때	설명을 듣다가 이해한 것이 생겼을 때
듣다 보니 질문이 생길 때	발표 태도가 이전보다 개선됐을 때

성경적 개념 설명하기

예수님이 다시 오신 상황을 상상하고 구원받은 나와 심판받는 사람 그리고 예수님의 감정을 눈과 입술 모양으로 표현하고 감정 단어와 함께 설명하세요.

감정 표현의 예 :       

믿음의 성도, 감정?
____
____

[믿음의 사람]

성도를 향한 예수님의 감정?
____
____

불신자가 느끼는 감정?
____
____

[불신자]

불신자를 보는 예수님의 감정?
____
____

섬뜩하다
감격하다
울부짖다
분노하다
단호하다
속시원하다
슬프다
고맙다
차갑다
분통터지다
감사하다
벅차다
처량하다
두렵다
즐겁다
눈물겹다

 자기 언어로 해설과 대사를 기록하고 설명하세요.

 – 짝과 함께 문장을 완성하고 그 의미를 구체적으로 설명하세요.

예수님을 기다리는 올바른 신앙은

이다.

요약하고 기도하기

✎ 말씀 다시 보기

밑줄이 누구를 말하는지 (어떤 의미인지) 이야기한 후 뜻을 생각하며 천천히 읽으세요.

[사도행전 1장 11절] [우리말성경]
"갈릴리 사람들아, 왜 여기 서서 하늘만 쳐다보고 있느냐? 너희 곁을 떠나 하늘로 올라가신 이 **예수는 하늘로 올라가시는 것을 너희가 본 그대로 다시 오실 것이다**

[요한복음 5장 29절] [우리말성경]
선한 일을 행한 사람들은 **부활해 생명을 얻고**
악한 일을 행한 사람들은 **부활해 심판을 받을 것** 이다

✎ 제5과 요약하기

나의 요약] 각자 아래 문장을 완성하세요.

다시 오실 예수님은 _______________________ 한

모습으로 다시 오신다.

다시 오실 예수님을 믿는 우리는 _______________________

_______________________ 살아야 한다.

짝과 함께 다시 요약하기

짝과 함께 예수님이 다시 오실 때의 모습과 그렇게 오시는 이유와 재림을 기다리는 바른 자세가 포함된 요약으로 다시 통일하세요.

작은 기도 부흥회

회개   자신을 돌아보고 앞으로 하지 말아야 할 일들을 나누세요.

1) 다시 오실 예수님에 대해 무관심한 나의 모습은?

   ____

2) 이기적이고 이 땅의 축복에만 관심 있던 나의 모습은?

   ____

3) 그밖에 나누고 싶은 질문 ______________________________________

간구   내 힘으로 할 수 없기에 하나님의 도움이 필요한 일을 나누세요.

1) 그날에 부끄러움 없도록 주신 사명 감당하게 하소서!

2) 말씀 위에 견고히 세워진 신앙인으로 살게 하소서!

3) 그 밖에 기도하고 싶은 것 ______________________________________

나의 결단   각오나 다짐이 아닌 확인 가능한 실천을 나누세요.

____

____

> #. 나눔 후, 스마트폰 등을 사용하여 찬양과 함께
> 서로 손을 맞잡고 큰 소리로 기도하세요.

교회 공동체

진도 보다 내용을 이해할 수 있도록 충분히 이야기 나누세요.

골로새서 1장 18절

[개역 개정]

18 그는 몸인 교회의 머리시라 그가 근본이시오

죽은 자들 가운데서 먼저 나신 이시니

이는 친히 만물의 으뜸이 되려 하심이요

[현대어 성경]

18 그리스도께서는 자신의 백성으로 이루어진 몸인

교회의 머리이십니다.

교회는 그분에게서 시작되었습니다.

그분은 죽은 자들 가운데서 살아나신 최초의 분입니다.

그래서 그분은 만물의 으뜸이 되셨습니다.

제6과 - 하브루타 강단 1

신전이 필요 없는 사람들

고대 이집트, 그리스 등 세상의 신은 저마다 다스리는 영역이 있었어요. 로마 사람들은 안전한 항해를 원할 때는 바다의 신, 포세이돈을 찾았고, 전쟁에 나갈 때는 아레스 신에게 제물을 바쳤어요. 그들은 신전이 크고 화려할수록 신의 능력도 크다고 믿었기에 신전 없는 종교란 상상조차 할 수 없었어요.

그런데 어느 날, 신전도 없이 신을 섬기는 사람들이 나타났어요. 바로 교회였어요. 우리가 공부하는 사람을 학생이라 부르듯, 교회는 예수님을 믿는 사람들을 가리키는 말이에요. 교회는 온 우주를 다스리시는 하나님의 전능하심을 믿었기에, 모든 것을 오직 하나님께만 의지했어요. 언제 어디서든 하나님이 함께하시니 신전도 굳이 만들 필요가 없었지요. 당시 로마인들은 이를 도무지 이해할 수 없어, 교회를 무신론자라고 부르기도 했어요.

교회는 처음에는 극심한 박해를 받았지만, 로마 콘스탄틴 황제가 기독교를 공인한 313년 이후에는 많은 것이 달라졌어요. 로마는 교회가 예배드릴 건물을 지어 주었고, 카톨릭교회는 이 건물을 성당이라고(거룩한 큰 집) 불러요. 우리나라에 복음이 처음 전해 졌을 때도 이와 비슷하게 예배드리는 큰 집이란 뜻으로 예배당 또는 교회가 모이는 집이라 하여 교회당이라 불렸어요.

시간이 흐르면서 'oo교회'라는 간판을 붙이고, 'oo성전'같은 팻말을 달리면서, 사람들은 점차 건물을 교회로 생각하게 되었어요. 건물을 교회라고 여기게 되자, 자신이 바로 교회라는 생각이 약해졌어요. 이제 교회가 부흥한다고 하면 교인 수가 많아지는 것만 떠올릴 뿐, 내가 복을 받는다는 생각을 못 하게 되었어요. 교회는 건물이 아니고 예수님을 믿고 따르는 공동체에요. 그리고 하나님께서는 이 교회를 당신의 몸으로 귀하게 여기시고 사랑하십니다.

* 참고 - 한자를 살피고 단어의 뜻을 알아보세요.
 종교 [宗 일의 근원. 가장 뛰어난 것. 敎 가르치다] - 모든 일의 근본이 되는 가르침
 능력 [能 능하다 力힘] - 이루어지게 만드는 힘
 신전 [神 귀신. 혼 殿 큰집] - 귀신, 신령을 모시는 큰 집

세상 사람들에게 종교는 곧 신전이고 제사였습니다. 신전이 클수록 신의 능력도 크다고 생각했고 신의 도움을 받으려면 반드시 제물이 필요하다고 믿었어요.

고린도에 있는 하나님의 교회, 곧 그리스도 예수 안에서 거룩하게 돼 성도로 부르심을 받은 사람들과 또한 각처에서 우리 주 예수 그리스도의 이름을 부르는 모든 사람들에게 편지를 씁니다.

[고린도전서 1장 2절]

하브루타 활동

하브루타 강단 돌아 보기 질문 1~2개를 선택하고 의견을 발표하세요.

* 공부하며 생각난 질문이 있나요?　　　　* 이해가 안 되는 내용이 있나요?
* 오늘 처음 알게 된 내용이 있나요?　　　* 연관되어 떠오른 이야기가 있나요?
* 전에 알고 있었지만, 새롭게 다가온 내용은 무엇인가요?
* 공부한 내용에서 가장 중요한 핵심은 무엇이라 생각하나요?

질문에 관련 있는 부분을 만화에서 찾고 그 내용과 함께 자기 의견을 설명하세요.

리액션 하기 의견을 들은 후에는 자기 생각과 비슷한 리액션 동작을 표현하고, 그 이유를 짧게 설명하세요. [복수 선택 가능]

핵심을 정확히 설명했을 때		핵심만 간단히 설명하길 바랄 때	
내 의견과 비슷하다고 생각할 때		미처 생각하지 못한 것을 설명했을 때	
설명이 나에게 도움이 되었을 때		설명을 듣다가 이해한 것이 생겼을 때	
듣다 보니 질문이 생길 때		발표 태도가 이전보다 개선됐을 때	

성경적 개념 설명하기

각자 번호를 선택하고 해당 카드에 대한 의견을 나누세요. 먼저 두 사람을 지목하여 의견을 들은 후 자기 의견을 발표하세요.

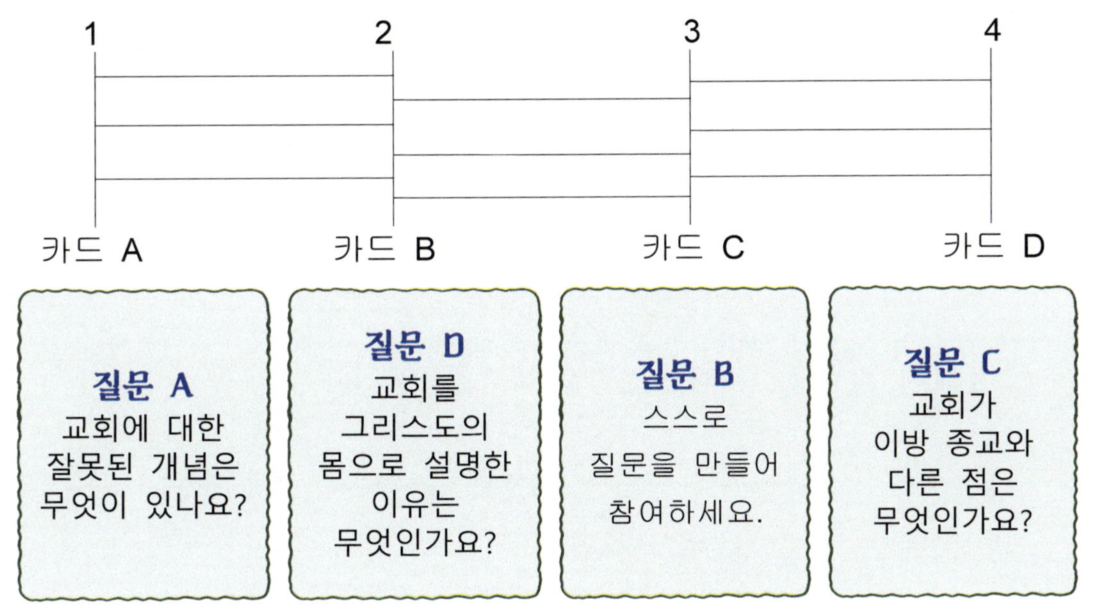

[고린도전서 1장 2절]
고린도에   있는   하나님의   교회, 곧
_______________________성도로   부르심을
받은 사람들과 또한 각처에서 우리 주 예
수 그리스도의 이름을 부르는 모든 사람들
에게 편지를 씁니다

제6과 - 하브루타 강단 2

이 땅에 살아야 하는 이유

하나님은 우리를 너무나 사랑하셔서 그리스도의 목숨까지 내어주며 구원하셨는데, 왜 우리를 바로 천국으로 데려가지 않으실까요? 천국에는 이 땅과는 비교할 수 없는 기쁨이 가득한데도, 어려움이 많은 이 세상에 우리를 남겨 두신 이유가 무엇일까요? 그것은 우리를 통해 한 영혼이라도 더 구원하시려는 하나님의 깊은 뜻이 있기 때문이에요.

하나님께서 세상에 보여주고 싶으신 것은 십자가와 부활 사건만이 아니에요. 예수님의 증인이 된다는 것은, 단순히 예수님에 대해서 전하는 것을 넘어, 성령님과 함께하는 권능의 삶을 보여주는 거예요.

예수의 증인으로 사는 것은 오직 이 땅에서만 허락된 특별한 축복이자 사명이죠. 사도 바울은 교회는 하나님의 유업을 받는 사람들이라고 가르쳐요. 여기서 '유업'이란, 예수님이 시작한 구원 사역을 물려받는 것이에요. 즉, 복음을 통해 사람들이 하나님과 깨어진 관계를 회복하도록 돕는 일이지요. 이 귀한 사명은 성령과 함께 복음을 전하고, 성도(교회)들이 하나님을 사랑하고, 서로를 사랑하는 삶을 통해 가능하죠.

초대 교회가 바로 그런 삶을 보여주는 놀라운 증거였어요. 그들은 예수님의 가르침을 따라 서로 사랑하는 공동체를 이루었어요. 당시 사회에서 천대받던 노예라 할지라도, 예수님을 믿으면 동등한 하나님의 자녀로 존중하며 함께 식탁에 앉아 음식을 나누었어요. 또한, 당시 관습과는 달리 여성과 어린이도 소중히 대우받았어요. 이는 하나님께서 에덴동산에서 인류에게 '생육하고 번성하라'고 하신 축복이 교회 공동체 안에서 회복되고 실현된 모습이었습니다.

* 참고 - 한자를 살피고 단어의 뜻을 알아보세요.

구원 [救 건지다, 援 당기다] - 빠져나오도록 당겨 건지다

권능 [權 저울추 能 능하다] - 옳고 그름을 판단하는 능력

유업 [遺 후세에 전하다, 業 일] - 후세에 전하는 일

교제 [交 사귀다, 際 서로, 이어지다] - 서로 이어져 사귀다

초대 교회는 신분, 나이, 성별을 상관하지 않고 모두가 서로 사랑하고 존중했답니다. 노예도 함께 식탁에 앉아 교제했고, 여자도 어린이도 무시하는 일이 없었습니다. 서로를 가족처럼 사랑하고 아끼는 모습이 사람들에게 큰 감동을 주었고, 제자가 되려는 사람들이 날마다 나왔습니다.

하브루타 활동

하브루타 강단 돌아 보기 질문 1~2개를 선택하고 의견을 발표하세요.

* 공부하며 생각난 질문이 있나요?
* 이해가 안 되는 내용이 있나요?
* 오늘 처음 알게 된 내용이 있나요?
* 연관되어 떠오른 이야기가 있나요?
* 전에 알고 있었지만, 새롭게 다가온 내용은 무엇인가요?
* 공부한 내용에서 가장 중요한 핵심은 무엇이라 생각하나요?

질문에 관련 있는 부분을 만화에서 찾고 그 내용과 함께 자기 의견을 설명하세요.

리액션 하기 의견을 들은 후에는 자기 생각과 비슷한 리액션 동작을 표현하고, 그 이유를 짧게 설명하세요. [복수 선택 가능]

핵심을 정확히 설명했을 때	핵심만 간단히 설명하길 바랄 때
내 의견과 비슷하다고 생각할 때	미처 생각하지 못한 것을 설명했을 때
설명이 나에게 도움이 되었을 때	설명을 듣다가 이해한 것이 생겼을 때
듣다 보니 질문이 생길 때	발표 태도가 이전보다 개선됐을 때

성경적 개념 설명하기 – 교회가 힘을 모아 전도해야 하는 이유를 보여 주는 사진을 선택하고 설명하세요.

 자기 언어로 해설과 대사를 기록하고 설명하세요.

 - 짝과 함께 문장을 완성하고 그 의미를 구체적으로 설명하세요.

교회가 반드시 해야 할 일은

_______________________________________ 이다.

요약하고 기도하기

말씀 다시 보기

밑줄이 누구를 말하는지 (어떤 의미인지) 이야기한 후 뜻을 생각하며 천천히 읽으세요.

[고린도전서 1장 2절] [우리말성경]
고린도에 있는 하나님의 교회 곧 그리스도 예수 안에서 거룩하게 돼 <u>성도로 부르심을</u>

<u>받은 사람들과</u>　　　　　　　　또한 각처에서 우리 주 예수 그리스도의 이름을 부

르는 모든 사람들에게 편지를 씁니다.

[베드로전서 2장 9절] [우리말성경]
<u>여러분은</u>　　　　　　택하신 족속이요, 왕 같은 제사장들이요, 거룩한 나라요,

그분의 소유된 백성이니 이는 여러분을 어둠에서 불러내어 <u>그분의 놀라운 빛으로 들</u>

<u>어가게 하신 분의</u>　　　　　　　덕을 선포하게 하시기

위한 것　　　　　　입니다.

제6과 요약하기

2~3명이 짝이 되어 교회의 의미와 교회가 이 땅에 사는 이유가 포함되도록 요약하세요.

교회는 ____

______________________________________ 이다.

교회가 이 땅에 머무는 이유는 _____________________

______________________________________ 이다

작은 기도 부흥회

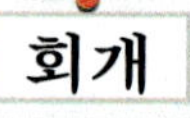 **회개** 자신을 돌아보고 앞으로 하지 말아야 할 일들을 나누세요.

1) 교회 공동체를 뒤로한 이기적인 나의 모습은?

____

2) 그리스도의 몸, 교회에 대해 무지했던 나의 모습은?

____

3) 그밖에 나누고 싶은 질문 _______________________________

간구 내 힘으로 할 수 없기에 하나님의 도움이 필요한 일을 나누세요.

1) 교회로 부르신 하나님의 놀라운 비밀을 알게 하소서!
2) 하나님과 성도를 사랑하는 건강한 신앙인이 되게 하소서!
3) 그 밖에 기도하고 싶은 것 _______________________________

나의 결단 각오나 다짐이 아닌 확인 가능한 실천을 나누세요.

____

____

7과

예배 공동체

진도 보다 내용을 이해할 수 있도록 충분히 이야기 나누세요.

요한복음 4장 21-23절

[개역 개정]

21 예수께서 이르시되 여자여 내 말을 믿으라
이 산에서도 말고 예루살렘에서도 말고 너희가 아버지께 예배할 때가 이르리라
22 너희는 알지 못하는 것을 예배하고 우리는 아는 것을 예배하노니
이는 구원이 유대인에게서 남이라
23 아버지께 참되게 예배하는 자들은
영과 진리로 예배할 때가 오나니 곧 이 때라
아버지께서는 자기에게 이렇게 예배하는 자들을 찾으시느니라

[현대어 성경]

21 예수께서 여자에게 말씀하셨다. '여자여, 내 말을 믿어라.
여기도 아니고 예루살렘도 아닌 곳에서 아버지께 예배드릴 때가 온다.
예배는 어디서 드리느냐가 중요한 게 아니라 어떻게 드리느냐가 중요하다.
너희 사마리아 사람들은 하나님을 잘 알지 못하고
맹목적으로 예배를 드리지만
우리 유대 사람은 하나님을 알고 예배를 드린다.
이는 구원이 유대 사람들에게서 오기 때문이다.
하나님은 영이시다. 그러니 우리는 반드시 영과 진리로 예배를 드려야 한다.
아버지께서 이런 예배를 우리에게 원하신다.'

제7과 - 하브루타 강단 1

거래가 아닌 사랑으로

세상 어느 종교에도 신과 인간이 서로 사랑하고 교제한다고 말하는 종교는 없어요. 세상의 종교에서 신의 성품은 중요지 않아요. 사람들의 관심은 신이 가진 능력으로 자기 소원을 이루고 싶은 것뿐이었어요. 신전도 사람들이 얼마나 선하게 사는지는 관심 없었어요. 그저 제물이 마음에 들면 그만이었죠.

그러나 여호와 하나님은 제물이 아니라 교제를 원하시는 분이에요. 예수님께서는 우리가 하나님과의 관계를 회복할 수 있도록 길을 만들어 주셨어요. 스스로 십자가의 제물이 되어 더 이상 제사가 필요 없게 하셨어요.
[히10:19/현대어 성경] 그러므로 사랑하는 형제들이여, 이제 우리는 예수께서 흘려 주신 그 피의 덕분으로 하나님이 계시는 지성소에 들어갈 수 있게 되었습니다.

기독교의 예배는 제물로 원하는 복을 얻는 종교적 거래가 아니어요. 예배는 오직 하나님 자녀가 된 사람만 누릴 수 있는 특별한 특권이죠. 예배의 중심은 믿음으로 성령님과 예수 그리스도를 통해 하나님 앞에 나아가 경배하는 것이에요. 바로 영과 진리로 드리는 예배이죠.

혹시 복과 은혜받기 위해 교회 가지 않나요? 그러나 예배는 이미 하나님께 복과 은혜를 받은 사람이 감사와 사랑으로 하나님과 교제하는 특권이에요. 찬양을 통해 은혜받는 것을 넘어 나의 고백을 담아 찬양을 드리고, 선포되는 말씀에 나의 믿음을 '아멘'으로 화답하는 것이에요.

예배는 복을 얻는 수단이 아니에요. 피조물이 창조주를, 죄인이었던 우리가 의로우신 하나님을 만나 경배할 수 있는 놀라운 은총입니다.

* 참고 - 한자를 살피고 단어의 뜻을 알아보세요.
교제 [交 사귀다 際 사이, 이어지다] - 서로 이어지고(연결) 사귀다.
제물 [祭제사 物만물] - 제사에 드리는 모든 물건
제사 [祭 신과 만나다 事 일] - 신과 만나기 위한 일
예배 [禮 예도, 경의를 표하다 拜 절] - 경의를 표하기 위해 예식을 갖춘 절

종교는 제물과 신의 능력을 바꾸는 거래입니다. 그러나 예배는 하나님과 사랑의 교제입니다.

예수님이 십자가 제물이 되어 제사를 마감했기에 교회는 더 이상 제물도 제사도 필요가 없습니다.

복음을 모르고 예배하는 사람은 여전히 이방 신에게 하듯이 제물과 원하는 것을 바꾸려 합니다.

예배는 아무나 드릴 수 있는 것이 아닙니다. 복음으로 죄가 해결된 하나님의 자녀만 드릴 수 있습니다.

예수님을 통해 이미 구원의 은혜와 복을 누리는 사람이 하나님을 예배할 수 있는 것입니다.

하브루타 활동

하브루타 강단 돌아 보기 질문 1~2개를 선택하고 의견을 발표하세요.

* 공부하며 생각난 질문이 있나요?   * 이해가 안 되는 내용이 있나요?
* 오늘 처음 알게 된 내용이 있나요?   * 연관되어 떠오른 이야기가 있나요?
    * 전에 알고 있었지만, 새롭게 다가온 내용은 무엇인가요?
    * 공부한 내용에서 가장 중요한 핵심은 무엇이라 생각하나요?

질문에 관련 있는 부분을 만화에서 찾고 그 내용과 함께 자기 의견을 설명하세요.

성경적 개념 정리하기 – 연결하고 이유를 설명하세요. (복수 선택 가능)

예배에서 하나님께 드려야 하는 것은 무엇인가요?

예배는 누가 드릴 수 있나요?

예배에 제물이 필요 없는 이유는?

핵심 내용 정리 하기 자기 언어로 해설과 대사를 기록하고 설명하세요.

종교는 _______________ 바꾸는 거래입니다.
그러나 예배는 _______________니다.

예수님이 _______________
_______________필요가 없습니다.

복음을 모르고 예배하는 사람은 _______________
_______________ 합니다.

참되게 예배하는 자는 _______________
____
_______________다.

한 줄 요약 - 짝과 함께 문장을 완성하고 그 의미를 구체적으로 설명하세요.

예배가 제사와 다른 이유는

_______________ 이다.

리액션 하기 친구의 의견을 듣고 자기 생각과 비슷한 리액션 동작을 표현하고, 그 이유를 짧게 설명하세요. [복수 선택 가능]

👍	핵심을 정확히 설명했을 때	✋	핵심만 간단히 설명하길 바랄 때
ok	내 의견과 비슷하다고 생각할 때	헐~	미처 생각하지 못한 것을 설명했을 때
	설명이 나에게 도움이 되었을 때	대박	설명을 듣다가 이해한 것이 생겼을 때
	듣다 보니 질문이 생길 때		발표 태도가 이전보다 개선됐을 때

제7과 - 하브루타 강단 2

누구를 위함인가?

하나님을 알지만, 자기 멋대로 사는 사람이 많아요. 바울은 이런 사람들을 죽은 자라고 했어요. 이들은 교회에 나오지만, 부자가 되고 성공하고 편하게 사는 것에만 관심 있을 뿐, 하나님에게는 관심이 없어요. 그들은 헌금하고 봉사하면 복을 받을 수 있다고 생각해요. 하나님을 마치 자판기처럼 여기는 것이지요.

이러한 자기중심적인 태도는 예배에서도 드러나요. 찬양은 내 취향에 맞아야 하고, 설교는 내가 듣고 싶은 내용이 있어야 은혜롭다고 생각하죠. 자기 편리대로 예배에 출석하고, 꼭 교회에 가야 하냐며 합리화하기도 해요. 하지만 예배는 개인적인 만족을 위한 시간이 아니라, 공동체가 함께 드리는 거룩한 의무지요. 예배는 함께 모이는 순종으로 시작하는 것이에요.

예배는 사람이 복 받고 은혜받는 자리가 아니에요. 오히려 하나님을 기쁘게 하는 자리이지요. 물론 삶의 필요도 하나님께 기도해야 하지만, 그런 것이 예배의 중심이 되어서는 안 돼요. 예배는 365일 우리를 위해 일하시는 하나님을 위해, 우리가 하나님이 빛나도록 감사와 찬양을 올려 드리는 것이에요.

결혼식에 갈 때, 신랑 신부를 축하하기 위해 옷을 갖춰 입듯이, 예배는 옷차림 하나까지도 하나님을 위한 마음으로 드려야 해요. 성경에서 하루는 밤이 되면 시작되고 다음 날 태양이 지면 하루가 끝나요. 우리도 토요일 밤부터 거룩하게 구별하여 예배를 준비한다면 하나님이 얼마나 기쁘실까요?

예배는 신앙에서 정말 중요해요. 예배가 무너지면 삶 전체가 흔들지지만, 예배가 회복되면 모든 것이 제자리를 찾게 되어요. 지금도 하나님께서는 참된 예배자를 찾으신답니다.

* 참고 - 한자를 살피고 단어의 뜻을 알아보세요.
은혜 [恩 사랑하다 예쁘게 여기다. 惠 베풀다 사랑하다] - 베풀어 사랑하다
영광 [榮 꽃. 꽃이 피다 光 빛. 빛나다] - 꽃처럼 빛나다
경건 [敬 공경하다. 虔 몸 가짐을 조심하다] - 공경하여 몸가짐을 조심하다

그들은 하나님을 알면서도 하나님을 영화롭게 하지도 않고 감사하지도 않았습니다. 오히려 그들의 생각이 허망해졌고 그들의 어리석은 마음은 어두워졌습니다
[로마서 1장 2절]
ㅋㅋㅋ~~
30배, 60배, 100배 면?
복
오잉?

예배는 사람이 은혜받는 자리가 아닙니다, 오히려 우리가 하나님을 기쁘게 하는 시간입니다.
함께 할 수 있어 감사합니다.

또 예배는 개인적으로 드리는 경건이 아니고 교회가 함께 드리는 공동체 경건입니다.
예배 시간이 다가오네요. 옷 입는 것 하나까지 오직 하나님을 위해 준비할게요!

현대 교회에는 잘못된 자세로 예배에 참여하는 사람이 너무 많아요. ㅠㅠ

복 받고, 은혜받기 위해 참여하는 사람
ㅋㅋㅋ

콘서트 관객처럼 찬양하는 성도들,
듣고 싶은 소리만 아멘 하는 사람들
백배, 천배의 복을 주실 것입니다.

예배는 자기 마음대로 자기 편리대로 드려서는 안 됩니다. 하나님의 영광을 위해 감사와 찬송으로 하나님께 드리는 순종의 시간입니다. 그러기에 옷 입는 것 하나까지도 모두 하나님을 위한 것이어야 합니다.
하나님께 내 고백을 담아 찬양을 드리고 말씀에 합당한 믿음을 담은 나의 '아멘'을 드려야 해요!

하브루타 활동

하브루타 강단 돌아 보기 질문 1~2개를 선택하고 의견을 발표하세요.

* 공부하며 생각난 질문이 있나요?　　　* 이해가 안 되는 내용이 있나요?
* 오늘 처음 알게 된 내용이 있나요?　　* 연관되어 떠오른 이야기가 있나요?
* 전에 알고 있었지만, 새롭게 다가온 내용은 무엇인가요?
* 공부한 내용에서 가장 중요한 핵심은 무엇이라 생각하나요?

질문에 관련 있는 부분을 만화에서 찾고 그 내용과 함께 자기 의견을 설명하세요.

리액션 하기 의견을 들은 후에는 자기 생각과 비슷한 리액션 동작을 표현하고, 그 이유를 짧게 설명하세요. [복수 선택 가능]

핵심을 정확히 설명했을 때	핵심만 간단히 설명하길 바랄 때
내 의견과 비슷하다고 생각할 때	미처 생각하지 못한 것을 설명했을 때
설명이 나에게 도움이 되었을 때	설명을 듣다가 이해한 것이 생겼을 때
듣다 보니 질문이 생길 때	발표 태도가 이전보다 개선됐을 때

성경적 개념 설명하기

각자 번호를 선택하고 해당 카드에 대한 자기 의견을 나누세요. 먼저 두 사람 이상의 의견을 들은 후 교재를 바탕으로 정리하여 발표하세요.

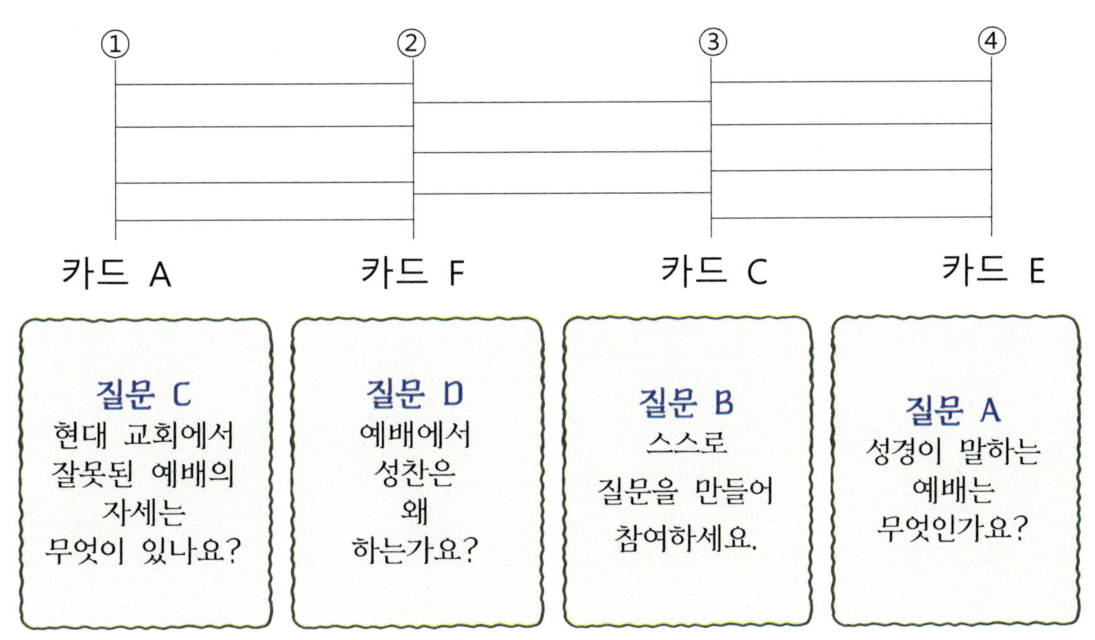

성경이 말하는 예배는

____ 이다.

요약하고 기도하기

✏️ 말씀 다시 보기

밑줄이 누구를 말하는지 (어떤 의미인지) 이야기한 후 뜻을 생각하며 천천히 읽으세요.

[요한복음 4장 23-24절] [우리말성경]

이제 참되게 예배하는 사람들이 <u>영과 진리로</u>   아버지께 예배 드릴 때가 오는데 지금이 바로 그때다. 아버지께서는 이렇게 예배드리는 사람들을 찾고 계신다. 하나님은 영이시니 하나님께 예배드리는 사람은 영과 진리로 예배드려야 한다."

[로마서 1장 2절] [우리말성경]

그들은 <u>하나님을 알면서도</u>   하나님을 영화롭게 하지도 않고 감사하 지도 않았습니다. 오히려 그들의 생각이 허망해졌고   그들의 <u>어리석은 마음은 어두워졌습니다.</u>

✏️ 제7과 요약하기

2~3명이 짝이 되어 예배가 이방 종교와 다른 점과 예배의 바른 의미가 포함 되도록 요약하세요.

예배가 제사와 다른 점은 ＿＿＿＿＿＿＿＿＿＿＿＿

＿＿＿＿＿＿＿＿＿＿＿＿＿＿＿＿이다.

올바른 예배는 ＿＿＿＿＿＿＿＿＿＿＿＿＿＿＿＿

＿＿＿＿＿＿＿＿＿＿＿＿＿＿＿＿＿＿＿이다.

작은 기도 부흥회

회개 자신을 돌아보고 앞으로 하지 말아야 할 일들을 나누세요.

1) 원하는 것을 얻으려고 예배한 나의 모습은?

____

2) 예배의 참뜻을 모르고 내 편리대로 예배에 참여하는 나의 모습은?

____

3) 그밖에 나누고 싶은 질문 ___________________________

간구 내 힘으로 할 수 없기에 하나님의 도움이 필요한 일을 나누세요.

1) 나의 고백을 담은 찬양과 '아멘'을 드리는 예배자가 되게 하소서!
2) 일상의 삶도 예배처럼 하나님 앞에 살게 하소서!
3) 그 밖에 기도하고 싶은 것 _______________________

나의 결단 각오나 다짐이 아닌 확인 가능한 실천을 나누세요.

____

____

#. 나눔 후, 스마트폰 등을 사용하여 찬양과 함께
서로 손을 맞잡고 큰 소리로 기도하세요.

교제 공동체

진도 보다 내용을 이해할 수 있도록 충분히 이야기 나누세요.

요한일서 1장 3절

[개역 개정]

3 우리가 보고 들은 바를 너희에게도 전함은

너희로 우리와 사귐이 있게 하려 함이니

우리의 사귐은 아버지와 그의 아들 예수 그리스도와 더불어 누림이라

[현대어 성경]

3 거듭 말합니다만 우리가 실제로 보고 들은 것을

이렇게 전하고자 하는 것은 여러분도 우리와 같이

아버지 하나님과 또 그분의 아들 예수 그리스도와 사귐을 가져서

기쁨이 충만한 사람이 되게 하려는 것입니다.

제8과 - 하브루타 강단 1

교제 없는 신앙은 죽은 믿음입니다.

예배는 드리지만, 다른 성도들과 교제하는 것은 어려워하거나 소홀히 여기는 사람이 많아지고 있어요. 교제를 단순한 친목 활동 정도로 가볍게 생각해요. 코로나19 이후 온라인 예배가 익숙해 지면서 이러한 경향이 더 뚜렷해졌어요. 그러나 성도의 교제는 사도신경에 기록될 만큼 중요한 신앙의 본질이에요.

물고기가 물속에서 먹고, 자고, 알을 낳는 것은 그것이 본성이기 때문이에요. 교제는 삼위일체 하나님의 본성이고, 거듭난 기독교인의 본성이어요. 이는 성도는 교제 없이 온전할 수 없다는 뜻이에요. 하나님과 교제는 물론이고 반드시 성도의 교제가 필요하지요. 하나님께서는 주의 몸 된 교회의 교제 속에서 우리의 믿음을 자라게 해요.

줄기에서 잘린 가지가 꽃이 피고 열매 맺지 못하는 것처럼, 공동체를 멀리하는 성도는 믿음으로 승리하기 어려워요. 믿음은 하나님과 수직적인 관계만으로는 성장하지 않아요. 하나님 나라는 서로 사랑하는 나라이기에, 성도들과 수평적인 사랑과 교제가 있어야 건강하고 온전한 믿음으로 성장해요.

초대 교회는 교제의 능력을 보여주는 모델이에요. 신분이 천한 노예가 예수님을 믿어도 똑같은 하나님의 자녀로 여기며 진심으로 사랑하고 존중했어요. 예수님처럼 수건을 두르고 그들의 발을 닦아주고, 함께 식탁에 앉아 음식을 나눴지요. 신분, 성별, 나이로 인한 차별은 초대 교회에 없었어요. 모두가 그리스도 안에서 한 가족이 되어 형제, 자매가 되고 사랑하며 섬겼어요.

세상은 이처럼 아름다운 교회의 모습에 감동했고, 수많은 사람들이 예수님께 돌아오는 부흥이 일어났어요.

* 참고 - 한자를 살피고 단어의 뜻을 알아보세요.
교제 [交 사귀다, 오고 가다 際 사이, 만나다] - 서로 만나고 사귀다
본성 [本 기초, 뿌리 性 성품, 성질] - 성품 또는 성질의 뿌리
성장 [成 이루다, 長 길다] - 길게 이루어지다.

우리가 보고 들은 것을 여러분에게도 전파합니다. 이는 여러분과 우리가 서로 사귐이 있게 하려는 것입니다. 우리의 사귐은 아버지와 그의 아들 예수 그리스도와 함께하는 사귐입니다. [요한일서 1장 3절]

친구들과 게임 약속이 있어서 이만!
복음 하브루타 시간에 어디 가요?

싫어요, 그냥 혼자 유튜브 보면 돼요.!
뚝!
헐! 부담스럽다고 교제하지 않겠다니? 그러면 믿음이 자라지 않아!

초대 교회는 자연스럽게 모이고 교제하기를 좋아했습니다.
하브루타로 말씀을 배우니 더 이해가 잘 되는데요!
함께 기도 하는 사람이 있으니 힘이 나고, 믿음이 커지는군!

신앙은 하나님과 서로 사랑할 뿐만 아니라, 교회 형제자매와도 서로 사랑하며 교제해야 성장합니다.
하나님 사랑
이웃 사랑
사랑은~ 아무나 하나~ ♪♪

성도의 교제는 사도신경에 포함된 기독교 신앙의 본질입니다.
나 같은 노예에게 ㄲㄲ
형제님, 어서 오세요! 이리로 와서 앉아요.
정말 그래도 되나요?

교제가 없는 성도는 사단의 공격 대상이 됩니다.
내가 왜 자주 넘어졌는지 이제 알겠어요! ㄲㄲ
잘 돌아왔어

하브루타 활동

🗨 하브루타 강단 돌아 보기 질문 1~2개를 선택하고 의견을 발표하세요.

* 공부하며 생각난 질문이 있나요?　　　　* 이해가 안 되는 내용이 있나요?
* 오늘 처음 알게 된 내용이 있나요?　　　* 연관되어 떠오른 이야기가 있나요?
　　* 전에 알고 있었지만, 새롭게 다가온 내용은 무엇인가요?
　　* 공부한 내용에서 가장 중요한 핵심은 무엇이라 생각하나요?

질문에 관련 있는 부분을 만화에서 찾고 그 내용과 함께 자기 의견을 설명하세요.

리액션 하기 의견을 들은 후에는 자기 생각과 비슷한 리액션 동작을 표현하고, 그 이유를 짧게 설명하세요. [복수 선택 가능]

👍	핵심을 정확히 설명했을 때	💗	핵심만 간단히 설명하길 바랄 때
ok	내 의견과 비슷하다고 생각할 때	헐~	미처 생각하지 못한 것을 설명했을 때
하이파이브	설명이 나에게 도움이 되었을 때	대박	설명을 듣다가 이해한 것이 생겼을 때
👆	듣다 보니 질문이 생길 때	박수	발표 태도가 이전보다 개선됐을 때

🗨 성경적 개념 설명하기

2-3명이 짝이 되어 성도의 교제를 소극적으로 만드는 이유를 보여 주는 사진과 단어를 선택하고 설명하세요.

부담스럽다	부끄럽다	?	개인주의	판단하다
불편하다	시샘난다	위축된다	편애	귀찮다

초대 교회의 교제는 ＿＿＿＿＿＿＿＿＿＿＿＿＿＿＿＿
＿＿＿＿＿＿＿＿＿＿＿＿＿＿ 다.

신앙이 성장하려면 ＿＿＿＿＿＿＿＿＿＿＿＿＿
＿＿＿＿＿＿＿＿＿＿＿＿＿＿＿＿ 다.

한 줄 요약 - 짝과 함께 문장을 완성하고 그 의미를 구체적으로 설명하세요.

성도의 교제가 신앙의 본질인 이유는
＿＿＿＿＿＿＿＿＿＿＿＿＿＿＿＿＿＿＿＿＿＿＿ 이다.

제8과 - 하브루타 강단 2

사랑도 훈련해야 합니다

성도의 교제를 잘 설명해 주는 단어는 전도서에 나오는 "세겹줄"이에요. 보통 "만남의 복"이라고 하면, 사회적으로 지위가 높거나 유명한 사람을 아는 인맥을 떠올리죠. 하지만 그 사람도 나를 만난 것이 복이라고 생각할까요? 복된 교제를 원한다면 나도 다른 이에게 힘이 되어 주는 세겹줄의 한 줄이 되어야 해요.

그렇게 되려면 먼저 관심받고 사랑받고 싶은 어린아이 같은 마음부터 버려야 해요. 성경 어디에도 나를 사랑해 줄 사람을 찾으라는 말은 없어요. 어떻게 그렇게 살 수 있지? 나는 어디서 위로받고, 사랑받아야 하나? 질문할 수 있지만, 사랑의 특성을 알면 질문이 잘못됐다는 것을 알게 되어요. 사랑은 베풀수록 더욱 풍성해지지만, 받기만 하려 하면 오히려 가난해져요. 하나님의 임재가 있는 교회 공동체의 교제에는 하나님의 충만함이 우리에게 스며드는 신비가 있어요.

머리로는 알겠는데, 여전히 마음 어딘가 불편하다면, 아직 미숙한 사람이란 증거예요. 한쪽에서만 일방적으로 사랑하고 섬기는 관계는 결국 모두를 지치게 하고 지옥처럼 되어요. 사랑할 줄 모르는 사람은 사단의 공격 대상이 되기 쉬워요. 진정한 사랑은 감정이 아니라 오래 참고, 자랑하지 않으며, 무례하지 않은 등 인격적 의지와 행동이라고 성경은 가르치지요. 그렇기에 사랑은 그리스도의 인격을 닮아갈 때 가능하고, 기도로 순종하며 훈련할 때 가능하죠.

초대 교회가 세상을 변화시킬 수 있었던 힘은 차별 없이 사랑의 교재였어요. 우리도 예수님의 인격을 닮도록 사랑을 훈련하고 실천해야 해요. 어린아이도 초신자도 누구도 예외가 될 수 없어요.

* 참고 - 한자를 살피고 단어의 뜻을 알아보세요.
  특성 [特 특별하다. 性 성질. 성품] - 특별한 성품이나 성질
  무례 [無 없다 禮 예절. 예도. 예의] - 예의가 없다.
  순종 [順 순하다. 유순하다 從 따르다 - 순순히 따르다.

하나님의 본성은 삼위일체로 교제하는 분입니다.

하나님은 성도가 서로 교제할 때

하나님과 연결된 세 겹줄의 교제는 강력한 능력입니다. (전4:12) 그런 복은 저절로 생기지 않습니다. ' 나도 세 겹줄의 한 사람이 되어야 합니다.

그러려면 관심받고 사랑받고 싶은 마음부터 먼저 버려야 합니다.

성경 어디에도 사랑해 줄 사람을 찾으라는 말은 없습니다.

사랑은 받기만 하면 오히려 가난해지지만, 베풀수록 풍성해집니다.

사랑은 오래 참고 친절하며 사랑은 시기하지 않으며 자랑하지 않으며 교만하지 않으며 무례하지 않으며 자기 유익을 구하지 않으며 성내지 않으며 원한을 품지 않으며 불의를 기뻐하지 않으며 진리와 함께 기뻐하고 모든 것을 덮어 주고 모든 것을 믿으며 모든 것을 바라고 모든 것을 견딥니다   [고전 3장 4~7절]

초대 교회는 노예, 여자, 어린이 등 누구도 함부로 하지 않고 오히려 서로 존중하고 사랑했습니다.

교회는 예수님을 닮도록 사랑을 훈련하고 실천하는 공동체입니다.

하브루타 활동

하브루타 강단 돌아 보기 질문 1~2개를 선택하고 의견을 발표하세요.

> * 공부하며 생각난 질문이 있나요?   * 이해가 안 되는 내용이 있나요?
> * 오늘 처음 알게 된 내용이 있나요?   * 연관되어 떠오른 이야기가 있나요?
>   * 전에 알고 있었지만, 새롭게 다가온 내용은 무엇인가요?
>   * 공부한 내용에서 가장 중요한 핵심은 무엇이라 생각하나요?

질문에 관련 있는 부분을 만화에서 찾고 그 내용과 함께 자기 의견을 설명하세요.

리액션 하기 의견을 들은 후에는 자기 생각과 비슷한 리액션 동작을 표현하고, 그 이유를 짧게 설명하세요. [복수 선택 가능]

👍	핵심을 정확히 설명했을 때	🤏	핵심만 간단히 설명하길 바랄 때
ok	내 의견과 비슷하다고 생각할 때	헐~	미처 생각하지 못한 것을 설명했을 때
짱이야	설명이 나에게 도움이 되었을 때	대박	설명을 듣다가 이해한 것이 생겼을 때
👆	듣다 보니 질문이 생길 때	👏	발표 태도가 이전보다 개선됐을 때

성경적 개념 설명하기

각자 번호를 선택하고 해당 카드에 대한 자기 의견을 나누세요. 먼저 두 사람 이상의 의견을 들은 후 교재를 바탕으로 정리하여 발표하세요.

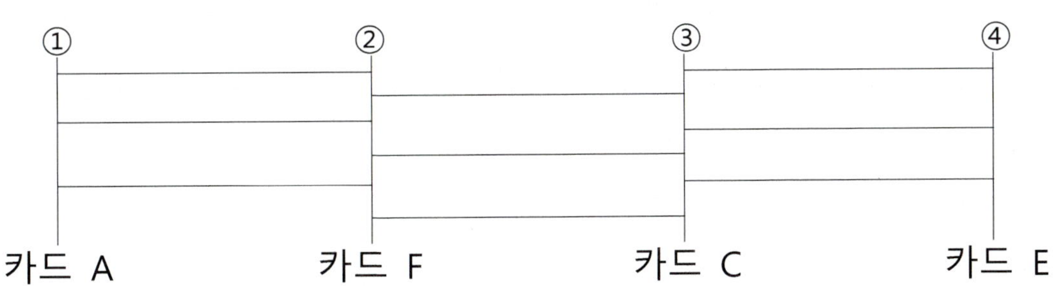

질문 C	질문 D	질문 B	질문 A
성도의 교재가 절대적으로 중요한 이유는 무엇인가요?	스스로 질문을 만들어 참여하세요.	'교제'를 위해 내가 힘써야 할 일은 무엇인가요?	나는 그동안 사랑하는 사람이었는가요? 사랑받으려는 사람이었는가요?

🗨 **한 줄 요약** – 짝과 함께 문장을 완성하고 그 의미를 구체적으로 설명하세요.

성경이 말하는 사랑은

                                                                    이다.

요약하고 기도하기

✎ 말씀 다시 보기

밑줄이 누구를 말하는지 (어떤 의미인지) 이야기한 후 뜻을 생각하며
천천히 읽으세요.

> 몬 1:6 [우리말성경]
>
> 그대가 **믿음 안에서 교제하므로** ______________________
>
> **우리 가운데 있는 모든 선한 것을** ______________________
>
> 깨달아 그리스도께 이르게 되기를 바랍니다.
>
> 요일1장 3절 [우리말성경]
>
> 우리가 ______________ 보고 들은 것을 여러분에게도 ______________ 전파
> 합니다. 이는 여러분과 우리가 서로 사귐이 있게 하려는 것입니다. 우리의 사귐은
> 아버지와 그의 아들 예수 그리스도와 함께하는 사귐입니다. [______________
> ______________]

✎ 제8과 요약하기

2~3명이 짝이 되어 교제의 정의와 성경이 말하는 사랑이 설명되도록 하나의
요약으로 통일하세요.

> 성도의 교제가 친교와 다른 점은 ______________ 이다.
>
> 내 신앙이 성장하지 못하는 이유는 ______________
> ______________ 때문이며
>
> 믿음의 성장을 원한다면 ______________ 한다.

작은 기도 부흥회

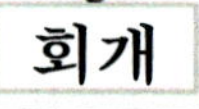 **회개** 자신을 돌아보고 앞으로 하지 말아야 할 일들을 나누세요.

1) 성도의 교제를 가볍게 여겼던 나의 모습은?

   ____

2) 사랑하고 섬기지 않으면서 바라기만 하던 나의 모습은?

   ____

3) 그밖에 나누고 싶은 질문 _______________________________

간구 내 힘으로 할 수 없기에 하나님의 도움이 필요한 일을 나누세요.

1) 성도의 교제를 통해 은혜의 풍성함을 누리게 하소서!
2) 대면하기 힘든 사람도 사랑의 훈련 대상이 되게 하소서!

3) 그 밖에 기도하고 싶은 것 _______________________________

나의 결단 각오나 다짐이 아닌 확인 가능한 실천을 나누세요.

   ____

   ____

공부를 마치고 하나님께 드리는 편지

하브루타 도서 및 성경 공부 공과

 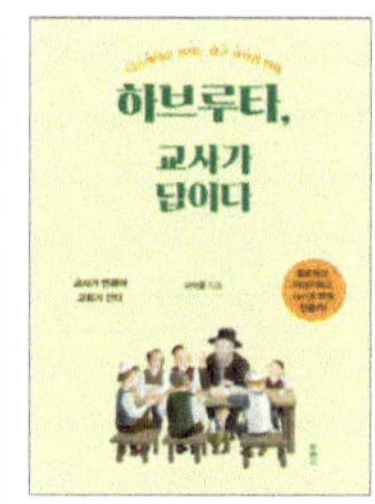 두란노 출판

성경 하브루타를 처음 하는 분을 위한 워크북

통합세대용 복음 하브루타 공과

어린이를 위한 복음 하브루타 공과

 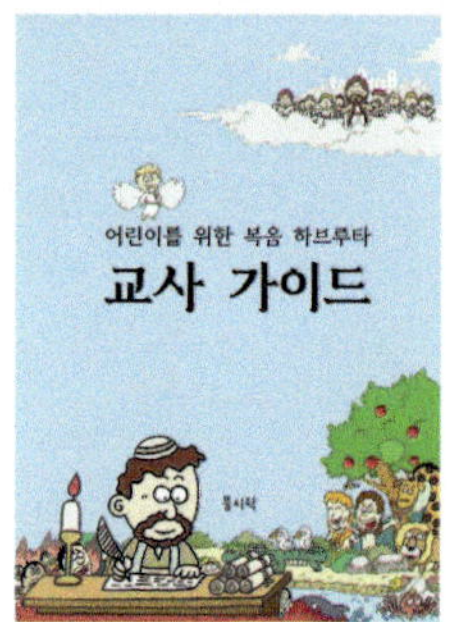